KB126976

아버지,
논 팔아서
해외여행 가요!

80세 아버지와 50세 아들, 두 부자(父子)의 해외여행 이야기

아버지, 논 팔아서 해외여행 가요!

초판 1쇄 인쇄 2020년 3월 2일
초판 1쇄 발행 2020년 3월 9일

글쓴이 | 박동석
펴낸이 | 김정희
펴낸곳 | 도서출판 하마

디자인 | 나준희
사진 | 박동석, 이정숙

출판등록 | 제406-2017-000067호
주소 | 경기도 파주시 와석순환로 61, 716동 403호(야당동, 한빛마을 7단지)
전화 | 031-919-4331
팩스 | 031-942-4332
전자우편 | phhjk09@naver.com

ISBN 979-11-90521-11-6 03810

80세 아버지와 50세 아들, 두 부자(父子)의 해외여행 이야기

아버지, 논 팔아서 해외여행 가요!

글 박동석

• 글쓴이의 말 •

아버지의 여행

아버지는 올해 여든 살이 되었습니다. 예전 같으면 장수했다고 할 나이지만 '인생 100세, 120세'를 이야기하는 요즘 시대에는 특별하다고 할 수 없는 나이입니다. 그럼에도 80이라는 숫자는 뭔가 특별한 느낌을 줍니다. 이 책은 그 특별함을 기념하고 싶은 마음에서 나온 아버지와 아들의 여행 이야기이자, 인생 이야기입니다.

아버지는 평생을 농부로 살았습니다. 물론 지금도 현역 농부이고, 건강이 허락하는 한 계속 농부로 살 것입니다. 여든이면 충분히 은퇴해도 될 나이지만 아버지는 농사꾼이 땅을 파지 않으면 병이 난다는 신념을 갖고 지금도 평생 직장을 꿈꾸고 있습니다.

제가 알기로 아버지는 두루 다니며 보는 것을 좋아합니다. 그런 분이 오로지 농사만 지으며 팔십 평생을 보냈습니다. 잠시 여유도 부리고, 좋아하는 것, 하고 싶은 것을 할 수도 있었을 텐데 전혀 그러지 못했습니다. 농사 외에는 모든 것을 가슴에만 묻어둔 것이지요.

아버지는 일흔셋에 처음으로 외국 여행을 했습니다. 첫 여행치고는 비교적 긴 12일 일정의 서유럽 6개국 여행이었습니다. 아버지의 첫 여행에는 아들인 제가 함께했습니다. 처음에는 아버지, 어머니 두 분의 여행이었다가 몸이 불편한 어머니 대신에 제가 들어간 것입니다.

세계사를 모르고 서유럽을 여행하는 것은 참으로 바보 같은 행동인지도 모릅니다. '아는 만큼 보인다.'는 말이 있듯이 제대로 보고, 느끼기 위해서는 어느 정도의 역사 지식은 반드시 필요합니다. 그런 의미에서 보면 아버지의 첫 여행은 여행 그 자체에 의미를 둘 수밖에 없습니다. 그럼에도 불구하고 아버지의 첫 여행지를 서유럽으로 잡은 것은 아버지의 작은 소망 때문이었습니다.

독실한 가톨릭 신자인 아버지에게는 두 가지 소망이 있습니다. 하나는 예수님이 태어나고 돌아가신 이스라엘을 방문해 보는 것이고, 다른 하나는 가톨릭의 총 본산인 성 베드로 대성당을 보는 것입니다. 그러니까 아버지의 서유럽 여행은 오로지 이탈리아 로마에 있는 성 베드로 대성당을 보는 데 있었습니다.

아버지와의 첫 여행은 떠나기 전까지는 잘 몰랐지만 정말 놀라운 여행이었습니다. 그건 너무나 많은 사람들에게 환호와 찬사를 받았기 때문입니다. 사람들의 환호와 찬사는 아버지와 아들이 함께한 여행이라는 데 있었습니다. 함께한 여행객 중 어느 분은 부자(父子)가 함께한 여행이 너무나 보기 좋다며 감동의 눈물을 흘렸다고 말했습니다.

생각해 보니 아버지와 아들이 함께하는 여행은 흔한 일도 아니고 쉬운 일도 아닌 것 같습니다. 제 또래 세대 남자들에게 아버지는 늘 어려운 분이시기 때문입니다. 아버지와 한 공간에 있으면 불편하기도 하고, 특별하게 할 이야기도 없습니다. 어머니와는 이런저런 시시콜콜한 이야기도 편하게 주고받지만 아버지와는 그렇게 할 수가 없습니다. 그래서 아버지는 늘 외로운 사람인지도 모르겠습니다.

제가 아버지와의 여행을 이렇게 글로 남기기로 한 데는 크게 두 가지 이유가 있습니다. 하나는 많은 사람들이 이 글을 보고 아버지와의 여행을 실천에 옮기기를 바라는 마음에서입니다. 다른 하나는 오로지 아버지를 위해서입니다.

주위 친구들을 보더라도 아버지와 단 둘이 여행을 경험한 친구들은 거의 없습니다. 여행은 제쳐 두고라도 아버지를 어려워합니다. 한편으로는 아버지와 여행도 가고 싶고, 단 둘이 마주 앉아서 대화도 나누고 싶어 합니다. 늘 그런 마음을 가슴에 품고 살아갑니다. 하지만 그 마음을 실천에 옮기는 친구는 별로 없습니다. 그런 친구들에게 이 책을 읽고 꼭 용기를 내보라고 권하고 싶습니다.

제가 아버지와의 여행을 글로 남기기로 결심한 두 번째 이유는 아버지가 여행을 통해 많은 것을 얻기를 바라는 마음에서입니다. 아버지는 당신이 다닌 여행지에 대해서 잘 알지 못합니다. 그런 까닭에 여행에서 얻을 수 있는 감동이나 울림이 적을 수밖에 없습니다. 그래서 아버지 스스로 책을 읽으며 당신이 가 본 곳에 대해 새롭게 알고 많은 것을 느꼈으면 좋겠습니다. 한 가지 반가운 소식은 아버지가 읽기를 좋아하고, 앎에 대해 관심이 많다는 사실입니다.

저도 어느덧 아버지, 어머니라는 말만 들어도 눈물이 나는 나이가 되었습니다. 모두가 부모님 살아생전 많은 추억을 쌓았으면 좋겠습니다. 이 책은 부모님과 저의 보물 같은 추억입니다.

2020년 3월

박동석

차 | 례

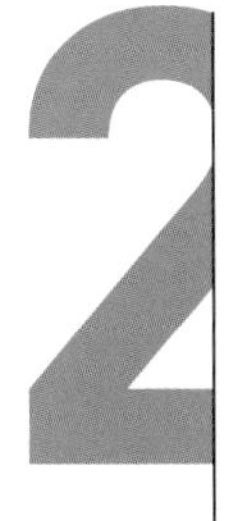

시골 농부의 해외여행 이력서

• 여는 글 •

아버지, 논 팔아서 해외여행 가요!

"아버지, 논 팔아서 해외여행 가요!"

몇 년 전부터 아버지에게 농담 반, 진담 반으로 자주 하는 말입니다. 솔직히 진담이 더 크다고 볼 수 있습니다. 내막을 잘 모르는 사람들은 아마도 저를 불효막심한 놈이라고 욕하겠지요?

"목숨과도 같은 논을 팔아서 여행을 가자고 하다니, 이런 배은망덕한 놈을 봤나?"

제가 이런 욕먹을 소리를 하는 데는 나름 이유가 있습니다. 그 이유를 듣고 나면 저를 착한 아들이라고 칭찬할지도 모릅니다.

언제부터인가 아버지 재산에 관심이 생겼습니다. 그렇다고 아버지 재산이 탐나서 그런 건 절대 아닙니다. 그럴 계기가 있었습니다.

제 나이 지금 쉰이 넘었습니다. 부모님이 생존해 있는 친구들보다는 그렇지 않은 친구들이 더 많습니다. 생존해 있는 부모님들도 건강한 분보다는 아프고 병든 분들이 많습니다. 이제 그럴 나이가 된 것입니다.

어느 날 친구로부터 부모님 두 분 모두 요양원에 모셨다는 이야기를 들었습니다. 부모님이 병상에 있으면 여러 가지 이유로 자식들은 절망적인 상황에 빠질 수밖에 없습니다. 가장 먼저 경제적인 문제가 다가옵니다. 다행히 친구는 부모님 재산이 조금 있어서 요양원 비용을 댈 수 있었습니다.

친구 이야기를 듣고 나서 갑자기 아버지, 어머니 생각이 났습니다.

'아버지, 어머니가 갑자기 아프셔서 병원에 누워 계시면 어떻게 해야 하나?'

저도 우선 현실적인 부분부터 생각났습니다. 병원비가 먼저 걱정됐고, 누가 옆에서 돌봐 드릴 수 있을지 고민이 되었습니다.

부모님 재산이 얼마인지 관심이 생긴 것은 이때였습니다. 제 위로 형과 누나가 있지만 모두 넉넉한 살림이 아니기 때문에 부모님이 아프시면 결국 부모님 돈으로 병원비를 감당할 수밖에 없는 상황입니다.

처음 아버지 재산이 얼마인지 알아볼 때는 조금 실망이 컸습니다. 예상보다 아버지 재산이 많지 않았기 때문입니다. 시골에서 농사 지어 자식 셋 공부시켜 출가시키고, 평생 농사만 지은 분의 재산이 그리 많지 않을 거라는 것은 예상했지만 생각보다 너무 적었습니다. 그만큼 시골 땅의 가치는 형편없었습니다.

그래도 다행스러운 것은 부모님 노후 자금으로는 안심이 될 정도였습니다. 두 분이 아프셔서 병원 신세를 질 경우에도 그 정도는 감당할 수 있을 것 같았습니다.

조금은 속물적인 생각에서 아버지 재산을 파악해 보았지만 마음 한편으로 뭔가 모르게 찜찜함이 남았습니다. 친구 부모님도 이제 좀 편안하게 여생을 즐길 시기인데, 병이 들어 누워 있는 것을 보니 뭔가 억울하다는 생각도 들었습니다. 갑자기 부모님들 인생이 너무 슬퍼 보였습니다.

물론 부모님들은 자식들의 행복이 곧 자신의 행복이라고 말합니다. 하지만 그건 잘못된 생각입니다. 중요한 것은 부모님 자신의 인생이고, 그 인생의 행복입니다. 평생을 일만 하다가 저 세상으로 가는 인생은 결코 행복한 인생일 리가 없습니다.

아버지, 어머니를 생각해 보았습니다. 두 분 모두 어려운 시기에 나서서 정말 힘든 삶을 살았습니다. 지금 아버지, 어머니는 보고 싶은 것 있으면 언제든지 보고, 먹고 싶은 것 있으면 마음껏 먹고, 가고 싶은 곳 있으면 어디든 갈 수 있는 여유가 있습니다. 이제는 좀 편안히 살았으면 좋겠습니다.

강원도 평창에서 생태마을을 운영하고 있는 황창연 신부님이 강연 중에 항상 하는 말이 있습니다. 자식들이 맛있는 거 사 주기를 기대하지 말고 자기 돈으로 사 먹으라고 강조합니다. 자식들이 사 주기를 기다리다 보면 평생 못 먹는다는 뜻이지요. 또 자식들이 여행 보내 주기를 기다리지 말고 자기 돈으로 가라고 말합니다. 신부님 말의 핵심은 자신의 인생을 살아야 한다는 것이지요.

저는 부모님이 자식들에게 재산 물려주는 것을 바라지 않습니다. 그렇다고 그 재산을 모두 기부하라고 말씀 드리고 싶지도 않습니다. 저는 아버지, 어머니가 그 재산을 다 쓰고 돌아가셨으면 좋겠습니다. 아플 때 대비해서 조금 남겨 놓고, 좋은 일에 쓸 돈 조금 남겨 놓고 전부 다 쓰고 돌아가셨으면 좋겠습니다.

마음껏 썼는데도 조금 남아서 자식들에게도 내려온다면 그건 감사한 일이지만 굳이 그렇게 되기를 바라지는 않습니다. 물론 이것은 저의 개인적인 생각이지만 형이나 누나도 마찬가지일 거라고 생각합니다.

아버지는 술도 무척이나 좋아하지만 두루 다니는 걸 좋아합니다. 어머니와는 정반대입니다. 어머니는 오로지 집이 최고입니다. 음식도 집에서 손수 한 음식이 제일 맛있고, 다니는 것도 싫어합니다. 어머니 때문에 아버지는 좋아하는 것을 참 많이도 못한 셈입니다.

가톨릭 신자라면 누구나 교황님이 있는 이탈리아 로마나 예수님이 태어나고 돌아가신 이스라엘로 성지순례 가는 것을 최고의 바람으로 여깁니다. 아버지 또한 그러했습니다. 그런데, 집을 너무나 좋아한 어머니 때문에 아버지는 단 한 번도 외국이라는 곳을 나가지 못했습니다.

아버지가 어머니를 포기하고 처음으로 외국 여행에 나선 것은 나이 일흔셋이었습니다. 더 이상은 어머니를 기다릴 수 없었던 모양입니다. 아버지는 일흔셋에 그렇게 소망하던 성 베드로 대성당을 보았습니다. 아버지는 그 이후로 예수님이 태어나고 돌아가신 이스라엘도 다녀오셨고, 가족들 모두와 함께 캄보디아 앙코르와트, 중국 태항산, 일본 북해도, 홍콩 · 마카오, 중국 장가계를 두루 다녔습니다.

아버지가 보아야 할 세계는 아직도 무궁무진합니다. 하지만 시간이 별로 없습니다. 아버지 나이 올해 여든입니다. 건강관리를 잘 한다고 해도 아흔이 넘으면 해외여행은 쉽지 않습니다. 앞으로 아버지가 여행할 수 있는 시간은 길어야 5, 6년입니다.

문제는 또 하나 있습니다. 여행을 가려면 돈이 필요합니다. 자식들이 매번 여행을 보내줄 수는 없습니다. 그렇다면 황창연 신부님 말처럼 아버지 돈으로 갈 수밖에 없습니다. 방법은 하나밖에 없습니다. 땅(논)을 팔아야 합니다.

이것이 제가 '아버지, 논 팔아서 해외여행 가요!' 하고 외치는 이유입니다. 농부에게 땅은 목숨이라고 합니다. 아버지가 목숨과도 같은 땅을 팔기는 쉽지 않아 보입니다. 뭐, 그렇다고 어려운 것도 아닙니다. 마음만 먹으면 됩니다. 생각만 조금 바꾸면 가능한 일입니다.

저는 아버지가 땅을 조금 팔아서 좋아하는 여행을 마음껏 다녔으면 좋겠습니다. 아버지는 터키와 그리스도 가고 싶어 하고, 스페인도 가고 싶어 합니다. 가고 싶으면 언제든지 갈 수 있습니다. 아버지는 돈이 있고, 저는 시간이 있습니다. 아버지가 마음만 먹으면 저는 언제든지 아버지를 모시고 여행 갈 준비가 되어 있습니다. 그래서 다시 한 번 아버지에게 외쳐 봅니다.

"아버지, 논 팔아서 해외여행 가요!"

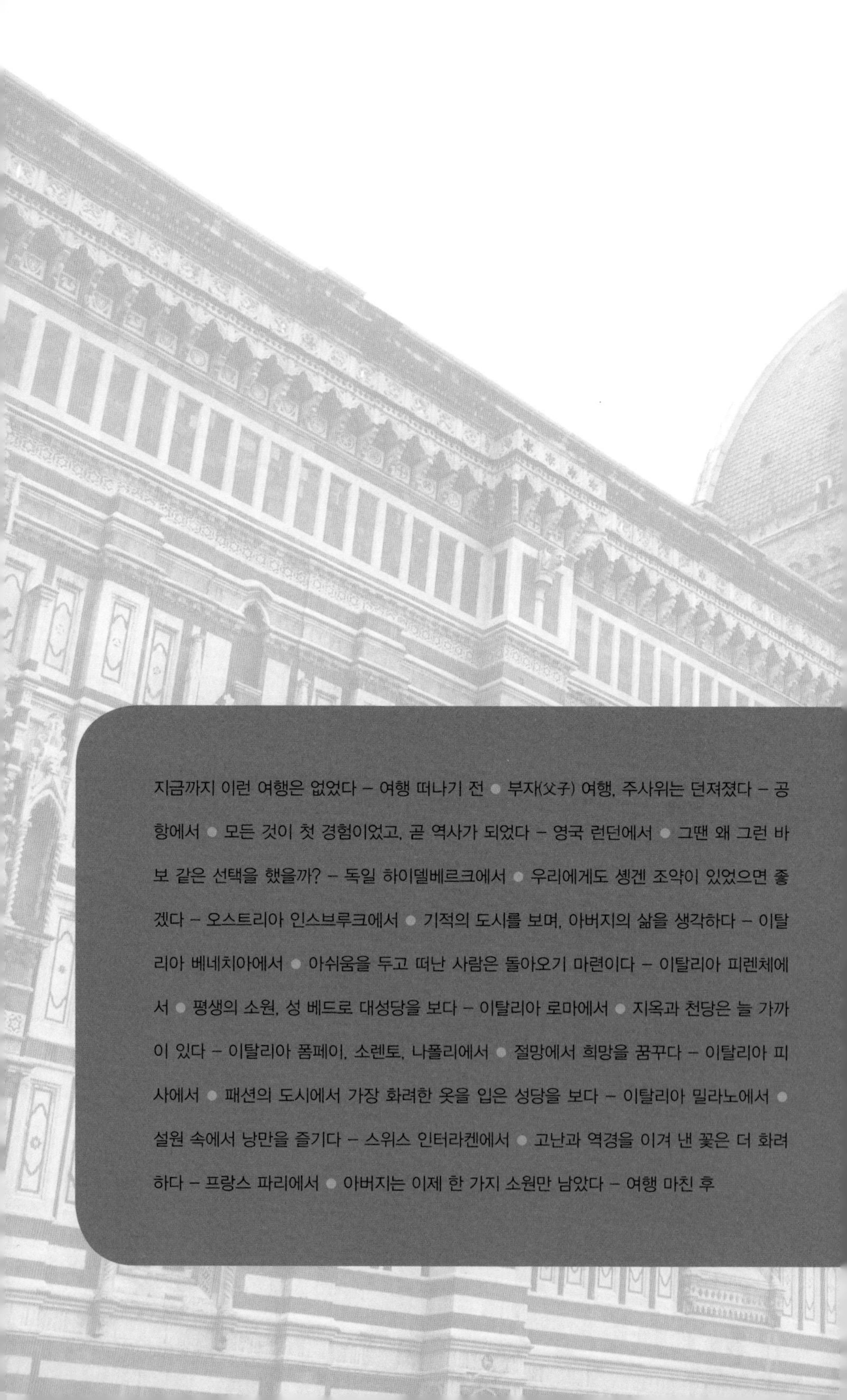

지금까지 이런 여행은 없었다 – 여행 떠나기 전 ● 부자(父子) 여행, 주사위는 던져졌다 – 공항에서 ● 모든 것이 첫 경험이었고, 곧 역사가 되었다 – 영국 런던에서 ● 그땐 왜 그런 바보 같은 선택을 했을까? – 독일 하이델베르크에서 ● 우리에게도 솅겐 조약이 있었으면 좋겠다 – 오스트리아 인스브루크에서 ● 기적의 도시를 보며, 아버지의 삶을 생각하다 – 이탈리아 베네치아에서 ● 아쉬움을 두고 떠난 사람은 돌아오기 마련이다 – 이탈리아 피렌체에서 ● 평생의 소원, 성 베드로 대성당을 보다 – 이탈리아 로마에서 ● 지옥과 천당은 늘 가까이 있다 – 이탈리아 폼페이, 소렌토, 나폴리에서 ● 절망에서 희망을 꿈꾸다 – 이탈리아 피사에서 ● 패션의 도시에서 가장 화려한 옷을 입은 성당을 보다 – 이탈리아 밀라노에서 ● 설원 속에서 낭만을 즐기다 – 스위스 인터라켄에서 ● 고난과 역경을 이겨 낸 꽃은 더 화려하다 – 프랑스 파리에서 ● 아버지는 이제 한 가지 소원만 남았다 – 여행 마친 후

P·A·R·T 1

시골 농부, 난생 처음 유럽에 가다

▲ 성 베드로 광장

지금까지 이런 여행은 없었다
– 여행 떠나기 전

아버지와 단 둘이서 해외여행이라니? 처음엔 나 자신도 실감이 나지 않았다. 지금 생각해 보면 무슨 용기가 있어서 그런 결정을 했는지 모르겠다. 아버지와 여행을 가는데 용기가 필요한 것일까? 말해 놓고 보니 그것도 우습다.

그만큼 아버지와 단 둘이서 여행을 간다는 것은 여러 면에서 부자연스러웠다. 내가 감당해야 할 일이 많았기 때문이다. 무엇보다 아버지가 낯설고 힘든 여정을 잘 견디어 낼 수 있을지가 가장 큰 걱정이었다. 여행 도중에 아버지에게 무슨 문제가 생기는 건 정말 안 될 일이었다. 또 아버지에게 신경을 쓰다 보면 정작 나는 제대로 된 여행을 할 수 없을 것 같았다. 이

서유럽 6개국 12일 여행 일정표

1일차[2013년 3월 3일(일)]	• 인천 출발 → 영국 런던 도착(1박)
2일차[3월 4일(월)]	• 런던 관광, 런던 출발 → 독일 프랑크푸르트 도착(2박)
3일차[3월 5일(화)]	• 프랑크푸르트 출발 → 하이델베르크 도착, 하이델베르크 관광 • 하이델베르크 출발 → 오스트리아 인스브루크 도착 및 관광(3박)
4일차[3월 6일(수)]	• 인스브루크 출발 → 이탈리아 베네치아 도착, 베네치아 관광(4박)
5일차[3월 7일(목)]	• 베네치아 출발 → 이탈리아 피렌체 도착, 피렌체 관광 • 피렌체 출발 → 이탈리아 로마 도착(5박)
6일차[3월 8일(금)]	• 로마 관광(6박)
7일차[3월 9일(토)]	• 로마 출발 → 이탈리아 폼페이 도착 및 관광 • 폼페이 출발 → 이탈리아 소렌토 도착 및 관광(카프리 섬) • 소렌토 출발 → 이탈리아 나폴리 도착 및 관광 • 나폴리 출발 → 로마 도착(7박)
8일차[3월 10일(일)]	• 로마 출발 → 이탈리아 피사 도착 및 관광 • 피사 출발 → 이탈리아 밀라노 도착 및 관광(8박)
9일차[3월 11일(월)]	• 밀라노 출발 → 스위스 인터라켄 도착 및 관광(융프라우)(9박)
10일차[3월 12일(화)]	• 인터라켄 출발 → 프랑스 벨포르 도착 • 벨포르 출발 → 프랑스 파리 도착 및 관광(10박)
11일차[3월 13일(수)]	• 파리 관광, 파리 출발
12일차[3월 14일(목)]	• 인천 공항 도착

런저런 고민과 걱정으로 하루하루를 보냈다.

시간은 흘러 아버지의 첫 여행이, 부자(父子)의 첫 동행의 날이 코앞으로 다가왔다. 여행사에 예약을 한 건 몇 달 전이었지만 막상 여행 날짜가 코앞에 닥치고 보니 마음은 더욱 분주했다. 걱정이 앞섰지만 한편으로 기대하는 마음도 생겼다.

2013년 3월 2일.

여행 떠나기 하루 전날이지만 여행이 시작된 날로 보아야 한다. 하루 전날 짐을 싸면서 여행을 실감하기 때문이다. 그러니까 3월 2일은 아버지에게 역사적인 날이고, 나에게도 매우 특별한 날이다.

아침에 일산 집을 나서서 아버지가 있는 시골(경북 문경)로 향했다. 첫 해외여행이니 짐 싸는 것도 모를 테고, 무엇보다 입을 옷이나 제대로 있는지 걱정이 됐다.

아버지는 유난히 옷에 관심이 없었다. 평생을 농부로 살았으니 옷이라고 해 봐야 일할 때 입는 옷이 대부분이다. 외출할 때 입는 옷도 일복과 크게 다르지 않았다. 일할 때 입으면 일복이고, 외출할 때 입으면 외출복이 되는 셈이다.

시골집에 도착해 보니 걱정은 현실이 돼 버렸다. 아버지가 입고 갈 만한 옷이 하나도 없었다. 어머니가 바지 몇 개와 셔츠 몇 개를 꺼내 놓았는데, 내가 보기에는 입고 갈 수 있는 옷들이 아니었다.

바지는 30년 전에 산 유행 지난 양복바지가 전부였고, 게다가 많은 부분이 닳아 있었다. 셔츠도 마찬가지고, 외투 또한 마땅한 게 없었다. 속옷도 제대로 된 게 하나도 없었다. 구멍 나고 누렇게 바랜 옷들뿐이었다. 내가 생각하기에는 총체적 난국이었다.

다행인 건 여행에서 신을 운동화 한 켤레를 미리 사 둔 것이다. 여행 중에는 운동화를 신는 게 제일 편하다. 여행 날짜를 잡고 나서 제일 먼저 준비해 둔 게 아버지 운동화였다. 운동화 생각만 하고 옷 생각을 하지 못한 게 정말 후회되었다.

지금 있는 옷으로는 여행 짐을 쌀 수가 없었다. 거기에는 내 알량한 자존심도 한몫했다. 아버지가 지금 있는 옷 그대로 입고 가면 사람들이 아들인 나를 욕할 것만 같았다.

어머니와 함께 아버지 옷을 사러 시내로 나갔다. 바지, 셔츠, 외투, 속옷 모든 것을 새로 사야 할 상황이었다. 그런데, 옷을 사러 나가면서 또 한 가지 고민에 빠졌다. 브랜드 옷을 살 수 있는 가게로 가야 할지, 아니면 저렴한 옷을 살 수 있는 시장으로 가야 할지 망설여졌다.

마음은 브랜드 옷 가게로 가고 싶었지만 많은 옷을 사려니 조금 부담이 되었다. 한두 벌이면 괜찮겠지만 많은 옷을 살 형편이 되지 않았다. 모르는 척 어머니를 따라 시장으로 갔다. 어머니는 아마도 평생 브랜드 옷은 사지 않았을 것이다. 마음은 찜찜했지만 어쩔 수 없었다. 다음에 또 여행을 가게 되면 그때는 미리 괜찮은 옷을 준비해야겠다고 다짐하면서 스스로 위안 삼았다.

시장에서 바지, 셔츠, 외투, 속옷을 여러 벌 구입했다. 이렇게 많이 샀는데도 옷값은 얼마 되지 않았다. 브랜드 가게에 갔다면 겨우 한두 벌 살 수 있는 금액이었다.

옷을 사서 서둘러 집으로 돌아왔다. 아버지는 밭에서 아직 돌아오지 않았다. 첫 여행이라 많이 걱정스러운 부분이 있을 텐데, 아버지는 일상의 일을 하고 있었다.

어머니와 둘이서 아버지 짐을 쌌다. 여행 중 입을 옷 외에는 특별하게 가져갈 물건은 없었다. 평소 건강 체질이라서 특별히 드시는 약도 없었다. 유일하게 드시는 약이 혈압약인데, 약을 챙기는 것으로 모든 준비를 마쳤다.

내가 모든 준비를 마친 후에도 아버지는 아직 일터에서 돌아오지 않았다. 아버지는 당신이 없는 동안에 해야 할 일들을 미리 해 놓느라 며칠째 바쁜 일정을 보내고 있었다. 어머니가 있긴 하지만 어머니 혼자 할 수 있는 일은 많지 않았던 모양이다.

한편으로, 혼자 있을 어머니도 걱정되었다. 두 분이서 이렇게 긴 시간 동안 떨어져 있는 것은 처음일 것 같았다. 아버지, 어머니는 결혼하자마자 1년 이상 떨어져 지낸 적은 있었지만 그 후로는 떨어져 지낸 적이 없었다.

어머니 친정은 매우 가난한 집이었다. 어머니는 어린 시절 먹을 것이 없어서 굶은 적도 있었다고 했다. 그에 비해 아버지 집은 그나마 동네에서 끼니 걱정은 하지 않을 정도로 부유한 편에 속했다.

아버지는 군 생활 도중에 어머니와 결혼했다. 부엌일 할 사람이 없었던 아버지 집에서는 군대에 있는 아버지 결혼을 서둘렀고, 그렇게 해서 찾은 아버지의 짝이 어머니였다.

어머니는 휴가 나온 아버지와 첫 대면을 하고 곧바로 결혼식을 올렸다. 결혼하자마자 아버지는 다시 군대로 돌아갔고, 어머니는 남편도 없는 시집에서 힘든 시집살이를 해야 했다. 당시에는 시할머니에다가 시어머니, 시동생들까지 있었다고 하니, 어머니 고충은 이루 말할 수 없을 정도로 컸을 것이다.

어머니는 무엇 때문에 군 복무 중인 아버지와 결혼했을까? 아버지가 제대를 한 뒤에 결혼해도 되지 않았을까? 남편도 없는 시집에서 새색시가 혼자 힘든 시집살이를 해야 할 이유가 있었을까? 가끔 그 일을 물어보면 어머니는 아버지가 독실한 가톨릭 집안 사람이었기 때문에 놓치고 싶지 않았다고 말하는데, 내가 보기에는 어머니 친정의 가난도 큰 이유가 되었을 것이다.

그때 이후로 어머니는 아버지와 이렇게 오랜 시간 떨어져 지낸 날이 없었다. 결혼 기간 내내 어머니는 아버지에게 많은 부분을 의지하며 살았다. 어머니 혼자 할 수 있는 일은 거의 없었다. 심지어 어머니는 아들이 있는 서울이나 일산에 혼자 버스를 타고 오는 것도 힘들어했다. 아버지가 없으면 아무것도 할 수 없는 분이 어머니였다.

그런 어머니가 아버지 없이 혼자 열흘 이상을 지낼 수 있을지 걱정이었다. 차라리 형이나 누나한테 가 있으면 좋겠는데, 그건 어머니가 불편하다며 싫어했다. 혼자 있을 어머니가 걱정은 되었지만 한편으로 이 기회에 어머니도 홀로서기를 좀 배웠으면 하는 바람도 있었다.

아버지는 오후 네 시가 되어서야 집으로 돌아왔다. 내일 장거리 여행을 떠나는 사람 같지 않게 태연한 모습이었다. 어머니에게 몇 가지 당부의 말을 전하고는 곧바로 집을 나섰다. 혼자 있을 어머니가 걱정되는 눈치는 어디에도 없었다. 물론 속으로는 걱정이 되었겠지만 겉으로 표현하는 법을 몰랐을 것이다. 우리 세대 부모님들은 다 그러했다.

아버지를 모시고 내가 사는 일산으로 출발했다. 다음 날 오후 2시경 출발하는 비행기라 여행 전날 올라와서 우리 집에 하루 묵어야 했다. 아버지가 우리 집에 와서 하루 묵는 것은 내가 결혼하고 처음이었다. 서울에 형이 살고 있었기 때문에 우리 집에는 오실 일이 거의 없었기 때문이다.

아버지는 여행 전날 작은 아들 집에서 처음으로 1박을 했다.

해외여행도 처음이고, 작은 아들네서 자는 것도 처음이었다. 여행이 아버지에게 첫 경험 선물을 많이 해 준 셈이다.

잠자리가 바뀌면 잠을 못 자는 사람들도 있는데, 아버지와는 상관없는 일이었다. 아버지는 누우면 바로 코를 골면서 주무시고, 음식도 가리는 게 없었다. 어떻게 보면 여행에 가장 적합한 분인지도 모르겠다. 어디서든 잘 주무시고, 무엇이든 잘 드시기 때문에 그 부분에서는 특별히 걱정할 일이 없었다.

작은 아들네서의 첫 잠도 그러했으리라 생각한다. 아내는 결혼하고 처음으로 시아버지 아침 밥상을 차렸다. 아버지와 나는 아내가 정성껏 차린 아침을 먹고 집을 나섰다. 집 앞 정류장에서 공항 가는 버스에 몸을 실었다.

부자(父子) 여행, 주사위는 던져졌다

– 공항에서

2013년 3월 3일.

집 앞에서 탄 버스는 한 시간을 달려 인천 공항에 도착했다. 일흔셋의 시골 농부는 처음으로 인천 공항을 보았다. 아버지에게 비친 인천 공항은 어떤 느낌이었을까? 깨끗하면서도 거대한 공항 대합실은 시골 농부를 주눅 들게 할 것 같았다. 앞으로 다른 나라 공항도 보겠지만 인천 공항이 얼마나 대단한 공항인지 새삼 느낄 것이다.

아버지가 20대일 때 우리나라는 정말 가난한 나라였다. 그렇게 가난했던 나라가 이토록 멋진 공항을 건설하고, 세계에서도 알아주는 나라가 될 줄 알았을까? 그건 아무도 상상 못했을 것이다. 인천 공항은 아버지 세대의 자랑이자, 피와 땀의 결과물이다. 이제는 자신들이 만든 사회의 혜택을 누리고 즐길 때가 되었다. 아버지가 지금 인천 공항에 서 있는 것처럼 말이다.

패키지여행의 묘미는 처음 보는 사람들과 친구가 된다는 데 있다. 한 가지 확실한 사실은 여행을 즐기는 사람은 모두 좋은 사람들이라는 것이다. 이건 내가 여러 차례 여행을 통해서 경험했다.

12일 동안 함께할 일행은 총 30명이었다. 여행사의 가이드 한 명이 12일 동안 우리 일행을 돌볼 예정이어서 돌발 상황에 대해서는 크게 걱정할 일이 없었다.

무엇보다 패키지여행의 가장 큰 장점은 시키는 대로만 하면 만사가 편하다는 것이다. 가이드가 가자고 하면 가고, 먹자고 하면 먹고, 쉬자고 하면 쉬고, 자자고 하면 자면 된다. 아무런 준비 없이 와도 가장 많은 구경을 할 수 있는 게 패키지여행의 장점이다.

공항에서 잠시 가이드 미팅이 있었다. 우리 일행을 안내할 가이드는 젊은 여성이었다. 여행을 함께할 일행들을 잠시 둘러보니 역시 아버지 나이가 가장 많았다. 60대 중반의 아저씨네 분도 있었고, 부부 팀도 몇 팀 보였다. 부모님과 함께 온 젊은 아가씨도 있었고, 친구들끼리 온 팀도 있었고, 신혼부부도 몇 팀 있었다.

공항에서는 가이드 미팅 후 각자 수속을 밟느라 일행들과 말 한 마디 나눌 시간이 없었다. 수속을 마친 사람들은 곧바로 면세점 구역으로 들어간 후 뿔뿔이 흩어졌다. 아버지와 나는 면세점 구역을 지나 곧바로 비행기를 탈 게이트 앞으로 이동했다. 비행기가 출발하려면 아직도 2시간가량 기다려야 했다.

게이트에서 비행기를 기다리고 있는 아버지 모습은 조금은 불안한 것 같기도 하고, 또 조금은 설레는 모습 같기도 했다.

아버지는 속으로 무슨 생각을 하고 있을까?

'아들 녀석과 그다지 친하지도 않는데, 여행이 재미나 있을까? 괜히 아들과 함께 가기로 했나? 아들 녀석이 구박이나 하지 않을까?'

아버지는 이런 생각을 하고 있지는 않을까? 나 또한 여러 가지로 걱정이 많았다. 아버지가 처음이라면 나도 처음이기 때문이다. 아내와의 여행에서는 아내가 모든 걸 챙겨 주니 편한데, 이번 여행에서는 내가 아내 역할을 해야 했다. 제일 걱정스러운 건 역시 아버지의 건강이었다. 12일 간의 여행 기간 동안 건강하게 잘 따라다니실 수 있을지 그게 제일 큰 걱정이었다.

공항에서 비행기를 기다리고 있는 아버지 사진을 SNS에 올렸더니 금방 댓글이 주르르 달렸다. 예상 외로 반응이 뜨거웠다. 전에는 내가 사진을 올려도 댓글이 몇 개 달리지 않았는데,

아버지와의 여행 소식을 알렸더니 많은 댓글이 달린 것이다.

댓글은 주로 두 가지 내용이었다. 하나는 아버지와의 여행이 너무 멋있고, 보기 좋다는 내용이었고, 다른 하나는 힘든 여행, 침묵의 여행이 되지 않을까 걱정하는 내용도 있었다. 대부분은 정말 멋진 여행이 될 것 같다는 반응이었다.

특히, 친구들의 반응이 뜨거웠다. 아마도 친구들은 나처럼 할 수 없는 현실에 마음이 아파서 나를 더 응원했는지도 모르겠다. 친하게 지내는 형님 한 분은 오히려 내게 너무 고맙다는 인사를 전했다. 자신이 못한 일을 내가 대신 해 주었다는 이유에서다.

여행 전에 많은 사람들로부터 응원의 말을 들으니 한결 기분이 좋아졌다. 지인들의 응원을 받고 보니 걱정은 대부분 사라지고 즐거운 여행이 될 거라는 믿음이 생겼다.

이제부터는 오로지 아버지와 나, 둘만의 동행이다. 비행기만 타면 새로운 세상으로 들어간다. 이제는 돌이킬 수가 없다. 주사위는 던져졌다.

모든 것이 첫 경험이었고,
곧 역사가 되었다
– 영국 런던에서

아버지와 함께하는 서유럽 6개국 여행의 첫 번째 방문국은 영국이다. 정확하게 말하면 영국의 수도 런던을 방문한다. 런던은 비행기로 12시간가량 가야 하는 멀고도 먼 곳이다. 작은 비행기 안 좁은 좌석에 앉아 12시간을 보내야 하는 건 그 자체로 곤욕이다.

나는 이런 곤욕스러운 경험을 몇 번 해 보았기에 상관없지만 아버지가 잘 견딜 수 있을지 걱정이었다. 사실, 아버지는 비행기를 타 본 경험도 한 번밖에 없었다. 몇 년 전 가족 여행으로 제주도에 갔을 때 탄 비행기가 처음이자 마지막이었다.

좁은 좌석에 앉아 몸도 제대로 움직일 수 없는 상태에서 12

시간을 보내야 하니, 여행 전에 극기 훈련을 하는 꼴이다. 허리도 아프고, 엉덩이도 아프고, 다리도 아프다. 특히, 연로하신 어르신들에게 장거리 비행은 가장 힘든 일정 중 하나다.

젊은 사람들은 비행기 안에서 시간 보내는 방법이 참 많다. 영화를 볼 수도 있고, 음악을 들을 수도 있고, 게임을 할 수도 있고, 책을 볼 수도 있다. 재미있는 영화 몇 편만 봐도 금방 7~8시간이 지나간다.

하지만 아버지는 시간 보낼 방법이 별로 없다. 잠자지 않으면 오로지 침묵의 시간뿐이다. 그 시간이 얼마나 지루했을지 나는 알 수가 없다. 아버지는 그 긴 시간 동안 무슨 생각을 했을까? 아버지의 칠십 평생을 파노라마처럼 돌려보았을까? 아버지 인생에서 이런 시간도 처음이었을 것이다. 가끔은 이런 시간을 가져 보는 것도 나쁘지는 않을 것 같다.

아버지가 비행기에서 힘들지 않을까 많이 걱정했는데, 내 걱정은 기우였다. 아버지는 그 긴 시간 동안 잠도 잘 주무셨고, 기내에서 나오는 음식도 하나도 남기지 않았다. 힘들지만 내색을 하지 않아 그런지는 모르겠지만 아버지는 12시간의 비행 후에도 피곤한 기색이 없었다.

우리가 런던에 도착한 시간은 현지 시간으로 저녁 7시경이었다. 보통 장거리 비행을 하고 난 뒤에는 바로 휴식을 취하는 일정이 좋다. 저녁 시간에 도착하면 그게 가능하다. 어떤 여행은 장거리 비행 후 아침 시간에 도착하여 바로 일정을 시작하는 경우도 있다. 이럴 때는 정말 피곤하다.

공항 도착 후 버스를 타고 곧바로 호텔로 향했다. 저녁 늦은 시간이라 주위는 어두웠고, 창밖으로 보이는 어두운 도시의 풍경만 느낄 수 있었다. 나도 영국은 처음이었다. 한때 대영제국이라 불리며 세계를 호령했던 영국에 온 것이다. 그 옛날의 영광이 지금도 남아 있는지 몹시 궁금했다.

12시간의 비행은 젊은 나로서도 힘이 들었다. 공항 도착 후 곧바로 호텔로 들어가는 일정이 너무나 고마웠다. 물론 아버지에게도 최선의 길이었다.

호텔 로비에서 가이드가 체크인을 하는 동안 비로소 12일 동안 함께할 일행들과 잠깐 이야기할 시간이 주어졌다. 일행들 중 가장 큰 관심을 받은 사람은 당연 아버지와 나였다. 우리 부자(父子)를 보는 사람마다 너무나 보기 좋다는 말을 해주었다

모든 사람들이 나를 효자라고 칭찬했다. 태어나서 효자 소리는 처음 들었다. 조금 부끄러웠지만 기분은 나쁘지 않았다.

나는 정말 효자하고는 거리가 멀었다. 부모님께 특별히 효도하는 것도 없었고, 부모님에 대한 애틋한 마음도 크지 않았다. 결혼한 지 15년이 넘었지만 특별히 부모님께 신경 쓴 일도 거의 없었다.

그런데, 여기 와서 효자 소리를 그렇게 많이 들었다. 단지 아버지를 모시고 여행 왔다는 이유로 효자 소리를 들은 것이다. 아버지와 단 둘이 여행 온 것이 큰 효도가 된다니, 나도 처음 알았다. 아무튼 이번 여행은 많은 사람들의 응원과 격려 덕분에 무척이나 행복하고 즐거운 여행이 될 것 같았다.

가이드로부터 카드 키를 받아서 각자 방으로 향했다. 아버지에게는 호텔 숙박도 첫 경험일 것이다. 그것도 낯선 나라의 호텔, 아버지는 어떤 느낌을 받았을까?

카드 키를 손잡이에 대니 문이 열렸다. 새로운 세계로 들어가는 느낌이다. 예전에는 열쇠로 방문을 열었지만 요즘은 거의 카드 키로 방문을 연다. 카드를 방문 손잡이에 대기만 하면 자동으로 문이 열린다. 또 방으로 들어오면 별도로 문을 잠그지 않더라도 자동으로 잠긴다. 만약 카드 키를 방 안에 두고 나온 뒤 문을 닫으면 다시 방으로 들어갈 수가 없다. 그래서 늘 조심해야 한다. 방을 나설 때는 항상 카드 키 챙기는 걸 잊지 말아야 한다.

나중에 어머니와 두 분이 여행 올 때를 대비해서 아버지에게 카드 키 사용법에 대해 자세하게 알려드렸다.

드디어, 첫날밤을 보낼 방에 들어왔다. 이제부터 할 일이 많았다. 가방 정리부터 해야 한다. 내일 입을 옷을 정해서 옷장에 걸어 놓아야 하는데, 이것부터 고민이다. 내가 입을 옷은 미리 아내가 다 정해 놓아서 고민할 것이 없었지만 아버지에게 무슨 옷을 입혀 드려야 할지 난감했다. 조금 고민하다가 그냥 마음 가는 대로 한 벌을 정해서 옷장에 걸어 놓았다. 내일 입을 옷 준비는 모두 마쳤다.

여행 첫날, 타국에서 맞는 첫날밤인데 그냥 잘 수는 없는 노릇이다. 약주를 좋아하는 아버지를 위해 소주 몇 병을 준비해서 갔다. 여행 기간 동안 호텔 방에서 아버지와 간단하게 한잔 할 생각이었다. 물론 매일 밤 소주 한 병씩 먹을 양은 사오지 않았다. 현지에서 그때그때 맥주나 와인을 사서 먹으려고 했다. 안주는 한국에서 준비해 간 소시지와 김, 어머니가 시골에서 준비해 준 멸치볶음이 있었다.

친구들을 보면 아버지와 술자리는커녕 대화도 잘 안 하는 경우가 많다. 나는 그런대로 아버지와 술자리도 자주 갖고, 대화도 많이 하는 편이다. 그런 면에서는 아버지에게 감사하다. 만약 아버지가 권위적이고 조금 까칠한 성격이었다면 나도 아버지와 편한 자리를 갖지는 못했을 것이다.

여행 첫날 낯선 타국의 호텔 방에서 아버지와 마시는 소주 한 잔은 특별한 의미가 있었다. 술맛도 좋았지만 내게는 그 시간 자체가 너무나 좋았다. 아버지도 그러했으리라. 지구 반대편 나라의 호텔 방에서 아들과 마주 앉아 소주를 먹는 생각은 아마 못하셨을 테니까.

소주 한 잔을 드시는 아버지의 얼굴은 웃음으로 가득했다. 그 웃음의 의미는 앞으로 벌어질 일들에 대한 기대 때문 아니었을까? 아버지 눈에 비치는 모든 것이 아버지에게는 첫 경험이 될 것이다. 어찌 기쁘지 않겠는가?

아버지와 이런저런 이야기를 하다 보니 소주 한 병이 금방 동났다. 기분이 좋아서 한 병 더 먹을까 고민하다가 내일을 위해 아껴두기로 했다.

술자리를 정리하고 자리에 누웠지만 쉬이 잠이 오지 않았다. 잠이 오더라도 시차 때문에 두어 시간 후면 또 잠이 깰 것이라는 것도 알고 있었다. 아내와 처음 터키 여행을 갔을 때 첫날밤이 생각났다. 시차 때문에 몇 번이나 깼었다.

예상대로 아침이 오기 전까지 몇 번이나 잠에서 깨어났다. 잠에서 깰 때마다 아버지를 보았는데, 코까지 골며 잘 주무시고 있었다. 고된 농사에 단련된 몸이라서 그런지 아버지에게는 전혀 시차를 느낄 수가 없었다.

패키지여행은 일정이 빡빡하기 때문에 아침 일찍 시작하고, 저녁 늦게 끝난다. 보통 아침은 새벽 6시경 먹고, 오전 7시나 8시경에는 호텔을 출발한다. 새벽 6시경 아침을 먹으려면 적어도 새벽 5시경에는 일어나서 준비해야 한다.

첫날밤이라 몇 번이나 잠에서 깼지만 그런대로 몸 상태는 좋았다. 예정 시간보다 조금 일찍 일어난 탓에 식사 시간 전에 준비를 마쳤다. 식사 시간까지는 시간이 좀 남아서 호텔 주변을 산책할 요량으로 방을 나섰다.

3월 초의 새벽 날씨는 조금 선선했다. 호텔을 배경으로 사진 한 장을 찍었다. 여행에서 찍는 모든 사진은 아버지에게는 추억이 되고, 역사가 된다. 내가 이번 여행에서 가장 중점을 둔 게 가능한 아버지 사진을 많이 찍는 것이다.

호텔의 아침 식사는 매우 간단했다. 뷔페식이지만 먹을 건 그리 많지 않았다. 빵 몇 종류, 우유나 주스 몇 종류, 그리고 과일 몇 종류가 전부였다. 여행 중에는 아침부터 든든히 먹어 두어야 하는데, 아버지는 예상대로 잘 드셨다. 마음이 한결 가벼웠다.

아침을 먹고, 다시 방으로 돌아와 가방을 정리하고, 잠시 휴식을 취했다. 창밖으로 주변 풍경이 보였다. 그 풍경이 정말 마음에 들었다.

영국은 항상 우중충한 날씨에 비가 자주 내리는 곳이다. 영국 신사의 필수품이 우산인 것을 보면 알 수 있다. 여행에서 비는 최악의 적이다. 비가 내리지 않을까 제일 큰 걱정이었다. 다행히 호텔을 나설 때는 비가 내리지 않았다.

오늘 첫 일정은 엘리자베스 여왕이 살고 있는 버킹엄 궁전 관람이다. 물론 궁전 내부를 관광하는 것은 아니고, 외관만 볼 수 있을 뿐이다. 많은 관광객이 아침부터 궁전 입구 광장에서 궁전을 배경으로 사진을 찍고 있었다. 그저 남는 것은 사진뿐이다.

영국 왕실의 공식 거주지, 버킹엄 궁전

현재 엘리자베스 여왕이 살고 있는 버킹엄 궁전은 19세기 빅토리아 여왕 때(1837년)부터 왕실 공식 거주지가 된 곳이다.

버킹엄 궁전은 원래 버킹엄 공작 존 셰필드의 개인 주택이었다. 버킹엄 공작은 1703년 뽕나무 밭을 사들여 자신의 저택을 지었는데, 1761년 국왕 조지 3세는 왕비 샤를로트를 위하여 버킹엄 공작에게서 이 집을 구입했다. 그 후 조지 4세는 당시 최고의 건축가였던 존 내시에게 명하여 새로 궁전을 지었다. 당시에는 건축 비용이 많이 들어 국민들의 원성을 사기도 했다. 하지만 버킹엄 궁전은 다른 나라들의 궁전과 비교해 보면 그렇게 화려한 궁전은 아니다. 의회의 견제가 있었기 때문에 화려하게 지을 수 없었다고 한다.

궁전이 완성되고 나서 이곳을 공식적인 왕실 거주지로 사용한 왕은 빅토리아 여왕이다. 그 후 역대 영국의 왕은 모두 버킹엄 궁전에서 거주하며 사무를 보고 있다. 여왕이 궁전에 있을 때는 궁전 정면에 왕실기가 게양된다고 한다.

버킹엄 궁전은 여왕이 휴가를 떠나는 8~9월에는 궁전의 일부를 개방하고 있다. 궁전의 개방은 1993년부터 시작되었는데, 이는 왕실 별궁으로 사용하고 있는 윈저 성이 1992년 대화재로 피해를 입자, 성을 재건하기 위한 기금을 마련하려는 목적에서 비롯되었다.

현재 버킹엄 궁전은 많은 관광객들이 찾는 최고 명소 중 하나이다. 특히 궁전의 근위병 교대식은 최고의 볼거리다. 근위병 교대식은 5~7월 사이에는 매일 열리고, 그 외에는 이틀에 한 번 열린다고 한다. 오전 11시 혹은 11시 30분경 근위병 교

◀ 버킹엄 궁전 입구

대식이 시작되면 궁전 앞 차량들은 통제되고 퍼레이드가 펼쳐진다고 한다.

아침 일찍 버킹엄 궁전을 방문한 우리 일행이 근위병 교대식을 보기 위해서는 11시까지 다른 일정을 포기하고 여기서 몇 시간을 기다려야 한다. 그러기에는 다른 좋은 관광이 너무 많기 때문에 교대식은 잊어야 한다.

아버지와 궁전을 배경으로 사진 한 장을 남겼다. 우리가 버

◀ 버킹엄 궁전 앞 광장

킹엄 궁전을 방문하는 이유는 이곳이 영국의 국가원수가 살고 있는 집이어서가 아니다. 이 궁전이 영국의 살아 있는 역사가 되기 때문이다. 그건 우리나라도 마찬가지다. 청와대는 대통령이 살고 있어서 의미 있는 장소가 아니라 그 자체 우리나라의 역사이기 때문이다. 버킹엄 궁전 안에 들어가 보았다면 영국의 역사를 좀 더 깊이 이해할 수 있었을 텐데, 그러지 못한 것이 아쉬웠다.

성공회의 대성당, 웨스트민스터 사원

버킹엄 궁전을 떠나서 웨스트민스터 사원으로 갔다. 웨스트민스터 사원은 영국의 국교인 성공회의 성당이며, 영국 왕실의 왕들과 위인들이 묻혀 있는 곳이다. 또한 1066년 윌리엄 1세의 대관식 이후 역대 왕 40여 명의 대관식이 열렸던 아주 유서 깊은 장소이다. 웨스트민스터 사원은 인근에 있는 웨스트민스터 궁전(현재 국회의사당)과 함께 1987년 유네스코 세계문화유산으로 지정되었다.

웨스트민스터 사원의 정식 명칭은 '웨스트민스터 성 피터 참사회 성당'인데, 웨스트민스터 대성당이라고도 부른다. 그런데 한 가지 구분해야 할 사항이 있다. 인근에는 또 하나의 웨스트민스터 대성당이 있는데, 이 대성당은 가톨릭의 성당이고, 웨스트민스터 사원이라 불리는 웨스트민스터 대성당은 성공회의 성당이다. 그래서 두 성당을 구분하기 위하여 성공회 성당인 웨스트민스터 대성당은 일반적으로 '웨스트민스터 사원'이라 부른다.

웨스트민스터 사원은 왕의 대관식뿐만 아니라 왕실의 결혼이나 장례식, 그리고 국가의 중요한 행사도 치러지고 있는 곳이다. 현재 절반은 국가의 교회로, 절반은 박물관으로 사용되고 있다.

◀ 웨스트민스터 사원

우리 일정에는 웨스트민스터 내부 관람이 없었는데, 그게 조금 아쉬웠다. 물론 개인 여행으로 왔으면 사원 내부를 볼 수 있었겠지만 패키지여행에서 내부 관람을 할 수 있는 상품은 거의 없었다.

사원 앞에서 사진만 몇 장 찍고 다음 장소로 이동할 수밖에 없었다. 유럽의 많은 성당 건축물들은 그 외관만으로도 충분한 감탄을 자아낸다. 웨스트민스터 사원도 마찬가지다. 내게는 외관만으로도 감동을 자아내기에 충분했다.

영국 민주주의의 상징, 국회 의사당

웨스트민스터 사원을 보고 난 후 우리 일행은 템스 강변으로 갔다. 템스 강변으로 간 이유는 강변에 위치한 국회 의사당을 보기 위해서다. 영국의 국회 의사당은 의회 민주주의를 가장 먼저 시작한 나라답게 의회 민주주의의 상징적인 건물이기도 하다.

국회 의사당을 가장 잘 볼 수 있는 위치는 의사당 강 건너편이다. 우리 일행은 모두 국회 의사당이 잘 보이는 강 건너편에서 사진을 찍고 짧은 자유 시간을 보냈다.

런던 템스 강변에 위치해 있는 지금의 국회 의사당은 그 웅

▲ 영국의 국회 의사당

장함과 화려함으로도 유명하지만 원래 이곳이 궁전이었다는 데 중요한 의미가 있다.

웨스트민스터 사원 근처에 세워진 웨스트민스터 궁전은 참회왕이라고 불리던 에드워드 왕(재위: 1042년~1066년)이 20년에 걸쳐 지은 궁전이다. 이후 16세기 헨리 8세까지 약 450년간 왕궁으로 사용되었던 곳이다. 그런데 16세기 초 발생한 화재로 궁전 일부가 타자, 헨리 8세는 다른 곳으로 왕궁을 옮겼고, 이때부터 궁전은 의회가 사용하게 되었다.

국회 의사당으로 바뀐 궁전은 1834년 다시 한 번 대화재를 겪었다. 이 화재로 궁전은 웨스트민스터 홀을 제외한 대부분이 잿더미가 되었다. 대화재 이후 곧바로 국회 의사당을 새로 짓는 작업이 시작되었다.

고딕 양식의 건물로 새롭게 지어진 국회 의사당은 길이 265미터, 복도 길이 약 3.2킬로미터, 방 1천 개가 있는 어마어마한 규모이다. 북쪽에는 하원 의사당이, 남쪽에는 상원 의사당이 위치해 있다. 또 북쪽에는 시계탑으로 유명한 '빅벤'이 있고, 남쪽은 빅토리아 타워가 있다.

빅벤은 국회 의사당 북쪽에 설치된 높이 106미터의 거대한 시계탑을 이르는데, 동서남북 네 방향 모두에 거대한 시계가 있다. 원래 빅벤은 시계탑을 가리키는 말이 아니라, 시계탑 안에 있는 무게 14톤의 큰 종을 가리키는 말이었다. 이 종을 제작한 벤저민 홀의 공을 기리기 위하여 그의 이름을 딴 것인데, 그의 몸집이 큰 것을 두고 '빅(큰)벤'이라 부른 것이다. 지금은 종보다는 시계가 더 유명하게 되어 빅벤은 시계탑을 가리키는 말이 되었다.

빅벤은 2012년 엘리자베스 2세 여왕의 즉위 60주년을 기념하여 '엘리자베스 타워'로 이름이 바뀌었다.

아침에는 날씨가 조금 흐려서 걱정했는데, 다행히 점심때가 되면서 점점 햇빛이 나기 시작했다. 영국에서 햇빛을 보기가 쉽지 않다고 하는데, 여행을 하면서 이런 날씨면 여행객들에게는 큰 행운이다.

템스 강의 명물, 타워 브리지

템스 강변에는 국회 의사당 외에 런던을 상징하는 건물이 하나 더 있다. 바로 템스 강에 세워진 '타워 브리지'이다. 타워 브리지는 템스 강 하류에 자리 잡고 있는 개폐식의 다리인데, 1887년에 공사를 시작해 1894년에 완공했다. 다리 양 옆으로 두 개의 첨탑이 있고, 첨탑 사이에는 위, 아래 두 개의 다리가 있다. 밑에 있는 다리가 열고 닫을 수 있는 개폐식이다. 큰 배가 통과할 때 약 1분 30초에 걸쳐 다리가 열린다고 한다.

▲ 템스 강의 타워 브리지

큰 배가 통과하여 다리가 열리면 사람들은 위에 놓여 있는 다리를 이용하여 강을 건너갈 수 있다. 위에 있는 다리는 첨탑에 있는 엘리베이터를 이용해 올라갈 수 있고, 이곳에 올라가면 멋진 전망을 감상할 수 있다.

타워 브리지가 열리는 광경을 볼 수 있으면 좋았을 텐데 그런 행운은 자주 오는 게 아닌 모양이다. 타워 브리지를 배경으로 사진 한 장 남기는 것으로 만족해야 했다.

영국의 자랑, 대영 박물관

템스 강변을 떠나 우리 일행이 찾아간 곳은 대영 박물관이다. 박물관 견학은 런던에서 마지막 일정이기도 하다. 박물관을 끝으로 짧은 런던 여행을 마치고 우리 일행은 독일로 이동해야 한다.

대영 박물관은 영국의 자랑이자 런던의 자부심이라 할 수 있다. 대영 박물관은 바티칸 박물관, 루브르 박물관과 함께 세계 3대 박물관이자, 1753년에 세워진 세계 최초의 국립 공공 박물관이다.

특히, 대영 박물관은 그 소장품이 방대하고, 역사적 가치가 높은 희귀한 유물들을 많이 소장하고 있는 박물관으로도 유명하다. 그것은 한때 해가 지지 않는 나라라고 불릴 정도로 전 세계에 많은 식민지를 거느리며 다양한 유물들을 수집한 결과이다.

그래서 일부 사람들은 대영 박물관을 이야기하면서 세계 여러 나라의 보물들을 약탈해서 만든 박물관이라고 하여 '큰 도둑 박물관'이라고도 한다. 하지만 또 일부에서는 그런 까닭에 세계적으로 가치가 있는 유물들을 지금까지 잘 보관할 수 있었다고 말하기도 한다.

또 한 가지, 대영 박물관은 이름과 관련하여 재미난 이야기

◀ 대영 박물관

도 있다. 원래 영어로 된 정식 명칭을 보면 '영국 박물관'이라고 해야 하는데, 많은 사람들이 아직까지 대영 박물관이라는 명칭을 쓰고 있다. 그것은 과거 영국을 '대영 제국'이라고 부른 데서 그 까닭을 찾을 수 있다. 그런데 정작 대영 박물관에는 영국의 유물보다는 다른 나라의 유물이 더 많기 때문에 대영 박물관이라는 명칭이 어색한 느낌도 든다. 아무튼 대영 박물관은 이런저런 이유로 이야깃거리도 많은 박물관이다.

대영 박물관에 있는 유물들은 모두 세계적인 가치가 있는 유물들이지만 그 중에서 가장 중요한 가치를 인정받고 있는 유물이 바로 '로제타석'이다.

로제타석은 1799년 프랑스의 나폴레옹이 이집트 원정 도중 나일 강 하구의 로제타 마을에서 진지를 구축하다가 발견한 비석이다. 높이 1.2미터, 너비 75센티미터, 두께 28센티미터 크기의 이 비석은 표면이 3단으로 되어 있는데, 상단에는 상형문자, 중단에는 고대 이집트의 민중 문자, 하단에는 그리스 문자가 새겨져 있다.

비석에 새겨진 세 가지 문자를 바탕으로 고대 이집트의 상형 문자를 해독할 수 있었기 때문에 현재에도 로제타석은 가장 중요한 유물로 그 가치를 인정받고 있다.

비문의 내용은 당시 국왕 프톨레마이오스 5세(기원전 205년~180년)의 덕행을 칭송한 것인데, 기원전 196년에 작성된 것으로 기록되어 있다.

로제타석은 프랑스가 발견했지만 당시 영국과의 전쟁에서 패한 프랑스는 자신들이 압수한 모든 물품을 영국에게 양도할 수밖에 없었다. 그래서 로제타석은 1802년 영국으로 옮겨졌고, 지금은 대영 박물관에 보관되어 있는 것이다.

대영 박물관은 설립 초기부터 일반인에게 무료로 개방하고 있다. 이는 유물을 기증한 한스 슬론 경의 뜻이기도 하지만 국제법상 자국의 유물이 타국의 유물보다 적을 경우 입장료를 받지 못하기 때문이라고 한다.

◀ 로제타석

대영 박물관 구경을 마지막으로 영국 런던에서의 모든 일정은 끝났다. 아침부터 가쁘게 하루가 지나갔다. 관광을 한 것인지, 일을 한 것인지 분간할 수 없을 정도로 바쁘게 다닌 하루였다.

짧은 하루의 일성이었지만 아버지는 수천 년 내려온 역사의 숨결을 보았다. 평생을 농부로 살아온 아버지에게는 모든 게 신기했을 것이다. 유적지마다 사진 한 장 찍고 이동하는 바쁜 일정이었지만 그 놀라운 광경은 그대로 아버지 뇌리 속에 강하게 남았으리라.

그 놀라움 때문인지는 모르겠지만 아버지는 여전히 활기차 보였다. 아버지에게 이런 표현을 해도 되는지 모르겠지만 소풍 나온 초등학생처럼 즐거운 표정이다. 왜 아니 그렇겠는가? 눈에 보이는 모든 것이 신기했을 테니 피곤할 틈이 없었으리라. 즐겁게 다니시니 나도 힘이 났다.

영국과 런던 이야기

영국의 정식 명칭은 '그레이트 브리튼 북아일랜드 연합 왕국'이다. 연합 왕국이라는 이름에서도 알 수 있듯이 영국은 4개(잉글랜드, 스코틀랜드, 웨일스, 북아일랜드)의 큰 지역이 합쳐져서 이루어진 나라다. 4개의 지역 중 3개는 '브리튼'이라 불리는 큰(그레이트) 섬에 있고, 나머지 1개 지역은 '아일랜드' 섬의 북쪽 지역인 북아일랜드를 말한다.

왕국이라는 이름에서 알 수 있듯이 영국은 왕이 다스리는 나라다. 하지만 영국은 입헌군주제를 채택하고 있기 때문에 왕은 군림하되 통치하지는 않는다. 따라서 모든 정치 권력은 대통령 역할을 하는 총리에게 있다. 현재 영국의 왕은 엘리자베스 2세 여왕이다. 여왕은 현재 60년이 넘게 왕의 자리에 앉아 있다.

영국 국민들의 절반은 국교인 성공회를 믿고 있다. 가톨릭을 믿고 있는 사람은 10% 정도에 불과하다. 성공회는 가톨릭과 매우 비슷한 종교지만 교황의 지배를 받지 않는다. 또 가장 큰 차이는 성공회의 신부들은 결혼도 할 수 있다.

처음에는 대부분의 영국 사람들도 가톨릭을 믿었다. 성공회가 영국 국교가 된 것은 16세기 초 영국 왕이었던 헨리 8세에 의해서다. 당시 헨리 8세는 왕비와 이혼하려고 마음먹었는데, 교황은 이를 허락하지 않았다. 이에 헨리 8세는 교황과 단절을 선언하고, 자신을 우두머리로 하는 성공회를 만들었다. 그때부터 영국은 성공회가 국교가 된 것이다.

영국은 간단하게 말하면 민주주의 정치 제도가 일찍부터 자리 잡은 나라이고, 산업혁명이 제일 먼저 일어나 가장 빨리 발전한 나라이며, 19세기에는 전 세계에 많은 식민지를 두어 '대영 제국'이라 불린 나라이다. 오늘날 세계 최강국이라고 하는 미국도 과거에는 영국의 식민지였다.

영국은 우리나라와 9시간의 시차가 있다. 우리나라보다 9시간이 늦다.

그런데 이 시차도 서머타임 시기에는 8시간으로 줄어든다. 예전에는 우리나라도 서머타임을 시행한 적이 있었는데, 효율성이 없다고 판단하여 지금은 시행하고 있지 않다.

하지만 유럽의 많은 나라들은 지금도 서머타임을 실시하고 있다. 서머타임은 쉽게 말해 여름에 시간을 앞당기는 제도이다. 여름에는 날이 일찍 밝기 때문에 시간을 앞당기면 오후 시간을 활용할 수 있고, 에너지도 절약할 수 있다. 제1차 세계대전 중 독일과 영국에서 처음 시행했고, 이후 전 세계 70여 개국이 서머타임을 시행하고 있다.

영국의 서머타임은 3월 마지막 주 일요일에 시작해서 10월 마지막 주 일요일에 끝난다. 아버지와 내가 여행을 간 날이 3월 초이기 때문에 서머타임 시행 전이다. 그러니까 영국과의 시차는 9시간이 되는 셈이다. 참고로, 유럽 나라들은 대부분 우리나라와 시차가 7~8시간 정도 차이가 난다.

영국의 수도는 런던이다. 런던은 또 유럽의 여러 도시들 중 가장 규모가 큰 도시이기도 하다. 우리나라 서울의 면적보다 약 2.5배 크며, 인구는 서울보다 조금 적은 약 8백만 명 정도이다.

'런던'이라는 지명은 '호수의 도시(혹은 성)'를 뜻하는 켈트 어 '린딘'에서 유래되었다. 여기서 호수는 오늘날 런던 시내를 흐르는 템스 강을 의미한다. 1세기경 로마가 이곳을 침입하면서 템스 강 유역에 요새를 건설했는데, 로마 인들이 이를 라틴 어로 '론디니움(Londinium)'이라고 말한 데서 '런던'의 지명이 생긴 것으로 보고 있다.

5세기경에는 게르만 족이 로마군을 몰아내고 살기 시작했고, 6세기 말에는 7개의 왕국이 건설되었다. 9세기에는 잉글랜드 왕국이 런던에 세워졌고, 1066년 프랑스의 노르망디 공작 윌리엄(윌리엄 1세)이 잉글랜드의 왕이 되었다. 노르만 왕조를 연 윌리엄 1세는 영국에서 매우 중요한 위치를 차지하는데, 윌리엄 1세 이후 지금까지 영국 왕은 모두 그의 후손들이기 때문이다.

윌리엄 1세 집권 이후 런던도 잉글랜드의 중심 도시가 되어 본격적으로 성장하기 시작했다. 성당과 건축물들이 들어서고, 템스 강에는 돌다리가 세워졌다. 또 상인들의 협동조합인 '길드'가 생겨 상업이 발달했다.

런던은 16, 17세기에 들어서서 빠르게 성장했다. 엘리자베스 1세 때에는 세계 무역의 중심지가 되면서 화려한 집들을 짓기 시작했고, 극장들이 들어서기 시작했다. 영국이 낳은 세계적인 작가 셰익스피어가 활동한 시기가 바로 이때이다.

17세기 중엽에는 페스트(흑사병)가 발생하여 10만 명 가까운 시민들의 목숨을 앗아갔고, 1666년에는 대화재가 발생하여 많은 건물과 성당, 주택이 불에 타 잿더미로 변했다. 대화재 이후 런던 시민들은 돌과 벽돌로 건물을 짓기 시작했고, 도시는 곧 되살아났다.

18세기가 되면서 런던은 산업혁명의 영향으로 급속도로 성장했다. 산업혁명의 결과 런던의 상인들과 은행가들은 막대한 부를 축적할 수 있었고, 당시 런던은 세계에서 가장 큰 도시로 성장할 수 있었다.

이런 성장을 바탕으로 런던은 세계 금융의 중심지로 세계 경제를 리드하는 역할을 하게 되었다. 런던은 미국의 뉴욕과 함께 세계 금융의 2대 중심지라 할 수 있는데, 어떤 면에서는 뉴욕을 능가하는 규모라고 한다. 런던에는 500개 가까운 외국계 은행이 있고, 런던의 증권거래소의 하루 거래액은 세계 최대 규모이다.

현재 런던은 일주일에 1천5백여 가지의 각종 공연이 열리는 문화 도시이며, 파리와 더불어 가장 많은 관광객이 찾는 관광 도시이며, 유럽에서 가장 많은 대학을 보유하고 있는 교육 도시이고, 전체 면적의 40% 가까이가 공원과 녹지 공간으로 구성된 환경 도시로 세계를 선도하고 있다.

그땐 왜 그런 바보 같은 선택을 했을까?

– 독일 하이델베르크에서

런던에서 비행기를 타고 독일 프랑크푸르트 공항에 도착했다. 공항 도착 후 우리 일행은 곧장 호텔로 향했다. 프랑크푸르트에서는 관광 일정이 없었다. 하룻밤을 묵기 위해 잠시 머무는 장소에 불과했다. 다음 날 아침에는 바로 하이델베르크로 이동해야 한다.

독일은 우리나라와 참 많이 닮은 나라다. 독일도 1990년까지는 동과 서로 갈린 분단국가였다. 독일과 우리나라는 모두 제2차 세계대전 이후 분단국가가 되었는데, 독일은 다행스럽게도 1990년 통일을 이루었다.

현재 독일은 유럽 대륙의 중앙에 위치해 있는 세계에서 가장 부유한 나라 중 하나다. 자동차가 이 나라의 가장 대표적인 수출품이다. 우리나라에 있는 외제 차 중에서 독일 차의 비중이 가장 클 것이다.

독일의 수도는 베를린이지만 이번 우리의 여정에는 베를린은 없었다. 우리 일행이 하루 묵을 프랑크푸르트는 한국인에게도 많이 알려진 도시다. 축구 선수 차범근 덕분이다. 차범근 선수가 활약한 소속 팀이 바로 프랑크푸르트이다. 이곳은 또 '국제 도서전'이 열리는 장소로도 많이 알려져 있다. 도서전이 열릴 시기에 다시 한 번 와 보고 싶다.

사실, 이번 여행 일정에서 독일의 하이델베르크나 오스트리아의 인스브루크는 여행의 작은 팁 같은 곳이다. 쉽게 말해 이번 여행의 하이라이트인 이탈리아의 유명 도시들을 보러 가는 길에 잠시 머무는 곳이다.

여행 이틀째 밤을 독일의 프랑크푸르트 호텔에서 맞았다. 어제는 영국 런던, 오늘은 독일 프랑크푸르트다. 하루 사이에 두 개 나라 두 개 도시를 경험했다. 늦은 시간 호텔에 들어와서 특별히 밤을 즐길 여유는 없었다. 좀 일찍 호텔에 도착했다면 잠깐 주변 구경이라도 했을 텐데, 그럴 시간이 없었다.

호텔 방에서의 시간은 어제와 똑 같았다. 짐을 풀고, 내일 입을 옷을 준비해 놓고, 씻고, 아버지와 소주 한 잔 하는 것이다. 작은 호텔 방에서 아버지와 아들이 한국에서 가져 온 소주를 꺼내 놓고 한 잔 하는 모습은 어색하면서도 아름답다.

하루의 피곤을 풀어주는 술 한 잔은 보약이다. 지금 아버지와 마시는 소주 한 잔이 그러하다. 아버지도 이 시간을 즐기는 것 같고, 나 또한 이 시간이 참 좋다. 아버지에게 기분이 어떤지 여쭈어보았다. '좋다.'는 단답형 말씀이다. 무엇이 좋은지 더 여쭈어보려다가 참았다. 무엇이든 이유를 말하려면 복잡하고 피곤하다. 그냥 좋은 느낌, 그것으로 충분하다.

아이들 교육도 마찬가지다. 책을 읽고 무엇이 좋았는지, 무얼 느꼈는지 이야기하게 하면 독서가 피곤해진다. 그냥 읽고 스스로 느꼈으면 그것으로 족하다. 아이들에게 독서 감상문을 쓰게 하는 것은 책과 멀어지게 하는 가장 좋은 방법이다.

호텔에서 이른 아침을 먹고 오늘 목적지인 하이델베르크로 출발했다. 프랑크푸르트에서 버스로 1시간 30분 정도 달리면 하이델베르크에 도착한다. 하이델베르크는 '복숭아가 많은 산'이라는 뜻을 지니고 있다.

독일은 도시 이름에 '베르크(berg)'나 '부르크(burg)' 또는 '브루크(brug, bruck)'라는 단어가 많이 들어가 있다. 베르크는 '산, 언덕'이라는 뜻이고, 부르크는 '도시, 성', 브루크는 '다리'라는 의미를 지니고 있다. 이런 이름이 들어간 도시 이름을 찾아보면 제2차 세계대전 후 나치 전범 재판이 열렸던 도시 '뉘른베르크'가 있고, 오스트리아의 도시

'잘츠부르크'와 독일의 도시 '함부르크' 등이 있고, 하이델베르크 다음 목적인인 오스트리아의 '인스브루크'가 있다. 부르크와 브루크는 많이 헛갈리는 이름이라 정확하게 사용해야 한다. 의미가 다르기 때문이다.

하이델베르크는 독일에서 대학 도시, 관광 도시로 유명한 곳이다. 독일에서 가장 오래된 대학이 이곳에 있다. 1386년도에 설립된 하이델베르크 대학교는 독일에서는 가장 오래된 대학이자, 세계적인 명성을 지닌 대학이기도 하다.

하이델베르크는 1618년에 터진 30년 전쟁과 17세기 후반 프랑스 인들의 침략을 받아 도시 대부분이 파괴되는 아픔을 겪기도 했다.

하이델베르크에는 대학교 외 또 하나 사람들의 관심을 끄는 건축물이 있다. '하이델베르크 성'이 그 건축물이다. 이 성은 13세기에 짓기 시작하여 르네상스(14~16세기) 시대에 완성되었다. 17세기 후반 프랑스 인들의 침략으로 많은 부분이 파괴되었고, 18세기에는 벼락을 맞기도 했다. 이 성은 제2차 세계대전 후 원래의 모습으로 복원되었다. 이 성의 지하실에는 특별한 물건이 하나 있다. 용량이 약 20만 리터나 되는 거대한 포도주 통인 하이델베르크 술통이 바로 그 물건이다. 해마다 수백만 명의 관광객들이 이 성을 찾고 있다고 한다.

하이델베르크 시내를 흐르고 있는 네카어 강에는 '카를 테오도어 다리'가 있다. 이 다리는 네카어 강 다리 중에서는 가장 오래된 다리이다. 이곳 사람들은 오래된 다리라는 뜻으로 '알테 브뤼케'라고 부른다. 나무로 만들어진 다리가 폭설이나 홍수에 자주 파괴되자 당시 제후였던 카를 테오도어가 돌로 다시 짓도록 명령하여 1788년에 완성된 다리다. 그래서 다리에는 그의 동상이 세워져 있다.

이 다리는 관광객들이 사진을 찍는 장소로도 유명하다. 다리 입구에서 혹은 다리 중간에서 하이델베르크 성을 배경으로 사진 한 장 남기는 건 필수코스다.

하이델베르크 성을 기대하고 있었는데, 불행히도 우리 일정에는 내부 관람이 없었다. 빠듯한 일정 때문에 그렇다고는 하지만 하이델베르크에 와서 성 안을 보지 못하고 가야 한다는 것은 정말 안타까운 일이다.

다행히 자유 시간을 한 시간 주어서 아버지와 급히 성을 향하여 올라갔다. 일행들은 시내에서 쇼핑을 하는 것 같았다. 1시간 안에 성까지 갔다가 와야 하기 때문에 시간이 빠듯했다. 1시간 후 모이는 장소까지 정확하게 시간을 계산했다. 조금 가파른 길을 올라 성 입구에 도착했다. 15분이 걸렸다. 그렇다면 다시 가는 시간 15분을 빼면 성을 볼 수 있는 시간은 고작 30분밖에 없었다.

그런데 또 하나 문제가 생겼다. 입장료가 있었다. 입장료가

▲ 하이델베르크 성 입구에서 바라본 시내 풍경. 강 중앙에 카를 테오도어 다리가 보인다.

많이 비싸지는 않았지만 고작 30분을 보려고 입장료를 사야 한다는 게 고민스러웠다. 결국 아버지와 나는 성 안으로 들어가지 못했다.

지금 같으면 10분을 보더라도 성 안으로 들어갔을 것이다. 그런데, 그때는 왜 그런 결정을 했는지 모르겠다. 바보처럼 입장료가 아깝다는 생각만 했던 것이다. 하이델베르크 성을 언제 다시 볼 수 있다고 그런 바보 같은 생각을 했는지 지금 생각해도 후회스럽다. 성 입구에서 사진만 몇 장 찍고 급히 발길을 돌렸다.

아버지도 무척이나 아쉬워했을 것이다. 더구나 성 지하에는 아버지가 좋아하는 술통이 있다고 하지 않았던가? 다른 건 못 보더라도 지하실에 있는 그 큰 술통이라도 보고 왔어야 했다. 소심한 아들 녀석 때문에 좋은 구경거리를 놓친 셈이다.

그래도 성 입구까지 온 것만 해도 좋은 경험이었다. 다른 일행들은 그냥 시내 구경만 하고 있었는데, 아버지와 나는 하이델베르크의 자랑인 성을 가장 가까이에서 본 것이다.

하이델베르크 성 출입구에서 아래를 바라보면 하이델베르크 시내와 네카어 강이 한눈에 들어온다. 그 풍경이 일품이다. 성 안을 보지 못한 아쉬움을 이 풍경으로 달랬다.

하이델베르크 성에서의 아쉬움을 뒤로 하고 우리 일행은 다음 목적지인 오스트리아의 인스브루크를 향해서 출발했다. 하이델베르크에서 인스브루크까지는 버스로 약 6시간가량을 달려야 한다. 버스로 6시간을 이동해야 한다는 건 정말 지루하고 힘든 일이다. 그나마 차창 밖으로 보이는 풍경이 지루한 시간을 달래 주었다. 확실히 유럽의 풍경은 새롭고 시원했다.

우리에게도 셍겐 조약이 있었으면 좋겠다
– 오스트리아 인스브루크에서

하이델베르크는 독일 땅이고, 인스브루크는 오스트리아 땅이다. 독일에서 오스트리아로 이동할 때 아무런 제약이 없었다. 그냥 버스에 앉아서 두 나라의 국경선을 통과했다. 두 나라 사이에 국경 검문소가 없기 때문이다. 독일과 오스트리아뿐만 아니라 유럽의 많은 나라들이 국경 검문소가 없다.

유럽에서는 나라와 나라 사이를 이동하는 것이 너무나 편리하다. 우리나라와 비교하면 경기도에서 충청도를 이동하는 것과 같다. 국경선에는 이정표(나라 이름이 적힌)만 하나 있을 뿐이다. 유럽의 많은 나라들은 왜 국경 검문소가 없을까?

모든 게 '셍겐 조약' 덕분이다. 발음하기도 어려운 조약이지만 유럽 사람들에게나 그 외 세계 모든 사람들에게 매우 편리하고도 유용한 조약이다.

셍겐 조약과 더불어 여행자들에게는 '유로'라는 화폐가 있어서 편리한 여행을 할 수 있다. 유로는 '유럽 연합(EU)'에 속한 나라들이 공동으로 사용하는 화폐이다. 유럽 연합은 유럽 나라들이 공동 번영하자는 의미에서 하나의 공동체, 하나의 나라처럼 살기 위해서 만든 기구다. 하나의 나라처럼 살기 위해서 화폐도 하나로 통일해서 사용한 것인데, 그 화폐가 바로 유로다. 물론 유럽 연합 소속 모든 나라가 유로를 사용하는 것은 아니다. 나라마다 경제적 상황이 다르기 때문에 유럽 연합 소속이라고 해도 유로를 사용하지 못하는 나라도 있다. 현재 유럽 연합에는 총 27개국이 가입되어 있는데, 유로를 사용하는 나라는 19개 나라이다. 셍겐 조약과 유로는 모든 여행자들에게 큰 선물인 셈이다.

남북이 대치 상태에 있는 우리나라를 생각하면 참 부러운 일이다. 우리나라 사람들은 말로는 통일을 외치지만 정작 북한에 대해서는 적대적인 경우가 많다. 물론 현재 북한의 행동이 그런 적대적인 감정을 불러오는 원인이 되고 있지만 그래도 통일이 소원이라면 넓은 마음으로 감싸 안는 배려와 양보가 필요한 시점이다.

유럽 연합이나 셍겐 조약도 각 나라의 배려와 양보로 이루어졌으리라. 그 배려와 양보는 곧 각 나라의 이익에 큰 몫을 담당했을 것이다. 먼저 이익을 바라면 아무것도 얻을 수 없다. 양보와 배려가 먼저다. 그래야 이익을 얻을 수 있다.

아버지도 버스를 타고 아무런 심사 없이 국경선을 통과하는 게 신기한 모양이다. 국경선을 통과할 때 창밖으로 고개를 돌려 한참을 바라보았다. 우리도 버스를 타고 북한 땅을 지나갈 수 있다면 얼마나 좋을까? 빨리 그런 날이 왔으면 좋겠다.

버스는 국경선을 통과하여 오스트리아 땅으로 들어왔다. 오스트리아는 독일어를 사용하는 민족들이 지배했기 때문에 독일어를 사용하고 있는 나라다. 오스트리아는 한때 전 유럽에 걸쳐 막강한 세력을 형성했던 '합스부르크 왕가'가 성장한 나라이기도 하다.

오스트리아는 17, 18세기경에는 유럽의 강국이었고, 19세기 초에는 오스트리아 제국으로 발전했다. 제1차 세계대전에 휩쓸렸다가 패전국이 되면서 왕정이 무너지고 공화국이 되었다. 1939년 독일과 합쳤다가 제2차 세계대전 이후 영국, 미국, 프랑스, 소련에 의해 분할 점령되기도 했다. 1955년에 현재와 같은 영세 중립국으로 독립했다.

오스트리아의 수도는 '빈'이지만 영어식 발음인 '비엔나'로 많이 알려졌다. 빈을 한마디로 표현하면 음악의 도시다. 빈은 음악 외에도 한때 유럽의 절반을 차지했을 정도로 강력한 왕국을 수립했던 합스부르크 왕가의 수도였기 때문에 찬란한 문화와 유적을 가진 역사 도시이기도 하다.

빈을 음악의 도시라고 부르는 이유는 베토벤, 모차르트, 슈베르트, 요한 슈트라우스 등 한 시대를 풍미했던 천재 음악가들이 빈을 무대로 활동했기 때문이다. 또 그 음악가들이 잠들어 있으며, 매년 그들 음악가의 유산을 바탕으로 수없이 많은 음악 공연과 축제가 열리고 있기 때문이다.

우리 일행은 오스트리아에 들어왔지만 이 나라와 수도인 빈을 구경할 수는 없었다. 오스트리아는 이번 여행에서 그냥 거쳐 가는 나라였기 때문이다. 특히, 인스브루크는 이탈리아의 도시 베네치아(베니스)를 가기 위해 잠시 하룻밤 묵어가는 곳에 불과했다.

인스브루크와 마리아 테레지아

하지만 인스브루크도 잠시 묵어갈 정도로 가벼운 도시는 절대 아니었다. 인스브루크는 알프스의 풍경이 아름다운 곳으로 겨울 올림픽을 두 번이나 개최한 도시이자, 서유럽에서 가장 인기 있는 겨울 스포츠 관광 도시이기 때문이다. 또한 인스브루크는 알프스 산이 병풍처럼 뒤를 받치고 있어서 '알프스의 장미'라는 별칭이 있는 도시이다.

이렇게 유명한 도시를 잠깐 보고 간다는 것은 매우 안타까운 일이다. 우리 일행이 인스브루크에 도착한 것은 늦은 저녁이었다. 도시 중심인 마리아 테레지아 거리에서 사진 한 장 찍는 것으로 인스브루크에서의 일정을 모두 끝냈다. 다음 날 일찍 이탈리아의 베네치아(베니스)로 출발해야 하는 까닭에 바로 호텔로 들어갔다.

인스브루크는 독일어로 '인(Inn) 강의 다리(bruck)'라는 뜻이다. 앞에서 '부르크(burg)'와 '브루크(brug, bruck)'를 헛갈리지 말라고 했는데, 인스부르크가 아니고 인스브루크이다.

인스브루크의 랜드마크 역할을 하는 곳은 마리아 테레지아 거리, 황금지붕, 성 안나 기념탑이라고 할 수 있다. 마리아 테레지아 여제는 오스트리아 역사에서 가장 중요한 인물 중 한 명이다.

신성로마제국 황제인 카를 6세의 장녀로 태어난 마리아 테레지아는 합스부르크 왕가의 유일한 여성 통치자가 되었다. 카를 6세는 아들이 없었기 때문에 장녀인 마리아 테레지아를 후계자로 지명하는 법령을 내렸는데, 유럽의 열강들은 이를 승인하지 않았고, 그로 인해 오스트리아 왕위 계승 전쟁이 일어났다. 1748년 아헨 협정으로 마리아 테레지아는 합스부르크 왕가의 후계자로 인정받을 수 있었다.

다만, 신성로마제국 황제는 여성이 승계할 수 없었기 때문에 마리아 테레지아는 남편 프란츠 슈테판을 명목상의 황제로 즉위시켰고, 그녀는 실질적인 통치자로 영향력을 행사했다. 그녀는 18세기 유럽 열강들의 세력 각축전에서 오스트리아를 지켜낸 뛰어난 정치가로 인정받고 있다. 그녀는 많은 자식을 두었는데, 프랑스의 루이 16세와 결혼한 마리 앙투아네트가 그녀의 딸이다.

인스브루크는 합스부르크 왕가가 서부 유럽으로 제국을 확장하기 위해 빈에서 인스브루크로 거주지를 옮기면서 발전할 수 있었다. 인스브루크는 시내에 있는 개선문을 중심으로 신시가지와 구시가지로 구분되는데, 개선문에서 황금지붕이 있는 건물까지를 마리아 테레지아 거리라고 부른다.

개선문은 마리아 테레지아가 아들의 결혼을 축하하기 위해 만든 문이다. 마리아 테레지아 거리 끝에 있는 황금지붕은 1497년 막시밀리안 1세 황제가 광장에서 개최되는 행사를 관람하기 위해 만든 발코니인데, 2,738개의 금박 청동 타일을 얹어 만든 것이다. 현재 황금지붕이 있는 건물은 박물관으로 사용되고 있다.

마리아 테레지아 거리 중앙에 있는 높이 13미터의 '성 안나 기념탑'은 황금지붕과 함께 인스브루크의 대표적인 랜드마크이다. 1703년 7월 26일 스페인 왕위 계승 전쟁에서 오스트리아 군대가 승리한 것을 기념하기 위해 세운 기념탑이다. 마침 그날이 7월 26일 성 안나 축일이었기 때문에 기념탑의 이름이 되었다.

호텔에 들어와 어제처럼 아버지와 간단하게 소주 한 잔을 하고 바로 잠자리에 들었다. 오늘은 많이 피곤한 탓인지 아버지와 호텔 방에서 먹는 술 한 잔이 형식적인 시간이 되어 버렸다. 첫날에는 이런저런 이야기를 나누며 꽤 긴 시간을 가졌는데, 오늘은 그럴 수가 없었다. 몸도 피곤하고, 시간적 여유도 없었다. 어쩔 수 없었다. 이제는 여행에 집중해야 한다.

솅겐 조약 이야기

셍겐 조약은 간단하게 말하면 조약을 체결한 나라들 간 자유롭게 통행하자는 약속이다. 핵심 내용은 국경을 철폐하고 정보를 공유하는 것이다. 이 조약에 가입한 국가들은 한 국가를 여행하듯이 자유롭게 이동할 수 있다. 국경을 통과할 때 반드시 필요한 여권이나 비자도 필요 없다. 당연히 출입국 심사도 없다.

이 조약은 1985년 6월에 룩셈부르크의 작은 마을인 솅겐에서 맺은 조약이라 솅겐 조약으로 명명되었다. 처음에는 벨기에, 독일, 프랑스, 네덜란드, 룩셈부르크 5개 나라가 조약을 체결했다. 이후 여러 준비 과정을 거친 후 1995년부터 실시되었는데, 현재는 유럽의 26개 나라에서 실시되고 있다. (총 32개 나라가 이 조약에 가입되어 있긴 하지만 몇 가지 조건이 충족되지 않아 6개 나라는 아직 실시되지 못하고 있다.)

이 조약이 세계 모든 사람들에게도 반가운 이유는 이 조약에 가입하지 않은 국가의 국민들에게도 똑같이 적용되기 때문이다. 단, 비가입국 국민들에게는 몇 가지 조건이 있긴 하지만 국경선을 넘을 때 가입국 국민들처럼 여권이나 비자 심사가 없다.

이처럼 비가입국 국민들에게도 솅겐 조약을 적용한 것은 국경 검문소를 모두 없애 버렸기 때문이다. 단, 비가입국 국민들이 솅겐 조약 가입국을 방문할 경우, 첫 번째 방문 국가에서는 여권 심사를 받아야 한다. 첫 번째 방문국에서 여권 심사를 받으면 다른 나라로 이동할 때는 더 이상 심사를 받지 않아도 된다. 이때부터는 가입국 국민들과 똑같은 대우를 받을 수 있다.

기적의 도시를 보며, 아버지의 삶을 생각하다

– 이탈리아 베네치아에서

3일 정도 지나니 시차 적응이 된 것 같았다. 첫날에는 몇 번이나 자고 깨기를 반복했는데, 이제는 잠에서 깨면 바로 아침이다. 그것도 알람 소리를 듣고서야 겨우 일어난다. 몸이 피곤한 탓이다.

오늘 아침은 구름이 잔뜩 낀 날씨 때문인지 별로 상쾌하지가 않았다. 곧 비가 올 것 같았다. 큰일이다. 여행 중 비는 최악의 적이다. 특히, 오늘 수상 도시 베네치아(베니스)를 방문하는 날인데, 비가 오면 곤돌라를 어떻게 탄단 말인가?

인스브루크를 출발한 버스는 베네치아를 향해 달렸다. 우려한 대로 가는 길에 비가 내리기 시작했다. 금방 그칠 비는 아니었다. 인스브루크에서 베네치아까지는 버스로 5시간 이상이 걸린다. 버스 안에서 비가 그치기를 간절히 기도했다. 아버지는 장거리 이동 중에는 늘 묵주기도를 한다. 기도의 내용은 잘 모르겠지만 먼저 안전 운행을 빌 것이고, 그 다음엔 가족들의 행복을 기원할 것이나.

아버지와 열심히 기도했건만 비는 그치지 않았다. 베네치아에 도착했더니 비는 오히려 더 세차게 내렸다. 게다가 바람까지 거셌다. 최악의 상황이 발생하고 말았다. 하지만 비바람이 불어도 일정을 진행해야 하는 게 패키지여행이다. 자유 여행으로 왔다면 당연히 비가 그치기를 기다리겠지만 패키지여행

▲ 수상 도시 베네치아 전경

은 정해진 일정이 있기 때문에 그럴 수도 없다. 무조건 진행해야 한다.

비가 오는 날에는 가능하면 버스를 타고 이동하고, 걷는 구간을 최소화해야 한다. 그런데, 베네치아는 그럴 수가 없다. 베네치아는 자동차가 들어갈 수 없는 도시이기 때문이다. 단체 관광객은 인근 버스 정류장에서 내려 모두 배를 타고 베네치아 본섬으로 이동해야 한다.

버스에서 내렸지만 여전히 비는 세차게 내렸다. 우산을 가져오지 않은 사람들이 대부분이라 인근 가게에서 우비를 구입했다. 우비를 입었지만 바람이 세차게 불어서 별 소용이 없었다. 모두 물에 빠진 생쥐 꼴이었다. 관광을 할 수 있을지 걱정스러웠다.

우비를 입은 우리 일행은 비바람과 싸우며 배를 타기 위해 선착장으로 갔다. 우리를 태운 배는 베네치아 본섬에 있는 산마르코 광장을 향해 출발했다.

가장 아름다운 응접실, 산마르코 광장

베네치아 관광의 일번지는 단연 산마르코 광장이다. 산마르코 광장은 광장 동쪽에 산마르코 대성당이 있어서 붙여진 이름이다. 또 대성당의 이름은 성당 안에 성인 마르코의 유해가 모셔져 있어서 붙여진 이름이다. 과거 나폴레옹은 이곳을 점령하고 난 후 세계에서 가장 아름다운 응접실이라며 감탄했다고 한다.

산마르코 광장은 큰 광장과 작은 광장 두 부분으로 이루어져 있다. 작은 광장의 한 면은 바다 쪽으로 열려 있고, 바다가 보이는 반대편은 산마르코 대성당이, 동쪽은 두칼레 궁전이, 서쪽은 신정부 청사 건물이 자리 잡고 있다. 바다 쪽 입구에는 1268년경에 세워진 거대한 화강암 원기둥 두 개가 세워져 있다. 이 원기둥은 콘스탄티노플(현재 이스탄불)에서 가져온 것이라고 하는데, 서쪽에 있는 원기둥 위에는 베네치아의 첫 수호성인이었던 '성 테오도로'가 창을 들고 악어를 제압하는 청동상이 있고, 동쪽 원기둥 위에는 베네치아의 새로운 수호성인인 '성 마르코'를 상징하는 날개 달린 청동 사자상이 놓여 있다.

큰 광장은 사다리꼴 모양으로 삼 면은 건물로 둘러싸여 있고, 나머지 한 면은 산마르코 대성당이 위치해 있다. 큰 광장의 동쪽은 신정부 청사 건물이, 서쪽은 구정부 청사 건물이 위치해 있고, 대성당 맞은편 건물은 코레르 박물관이다. 대성당 앞에는 99미터 높이의 거대한 종탑이 세워져 있는데, 이곳에 올라가면 베네치아 시내를 한눈에 감상할 수 있다.

산마르코 광장에서 가이드의 설명을 듣고 난 후, 각자 자유 시간이 주어졌다. 다행히 비는 조금 멎어서 가랑비로 변했다. 우비를 입었으니 구경하는 데는 별 문제가 없었다. 하지만 바람이 불고 있어서 조금 쌀쌀했다. 아버지가 조금 걱정됐다. 감기라도 걸리면 큰일이다. 빨리 구경을 마치고 카페에 들어가 따뜻한 커피라도 한 잔 해야 할 것 같았다.

대성당은 공사 중인지 가림막이 군데군데 있었다. 아버지와 대성당 내부로 들어갔다. 독실한 가톨릭 신자인 아버지는 먼저 성당 의자에 앉아 기도를 드렸다. 나도 아버지 뒤에 앉아서 부모님 건강과 가족의 행복을 빌었다.

황금 사원이라 불리는 산마르코 대성당

가톨릭은 중세 유럽 세계를 지배했기 때문에 당시에 지어진 성당들은 대부분 화려함의 극치를 보여 주고 있다. 산마르코 대성당도 마찬가지다. 대성당은 베네치아 공화국 최전성기에 지어진 건물인데, 무역과 전쟁을 통해서 가져온 많은 유물과 보물들로 내부를 장식했다. 지금도 대성당 보물관에는 그때 외국에서 가져온 물건들로 가득하다고 한다.

대성당은 황금 사원이라는 별칭도 갖고 있는데, 천장과 제단, 내부 벽면 일부를 황금과 보석으로 장식했기 때문이다. 특히, 12세기부터 17세기까지 오랜 시간 동안 만들어진 모자이크 벽화는 대성당이 지니고 있는 또 하나의 걸작이다.

대성당은 성인 마르코의 유해를 모시기 위해 지어졌다. 원래 베네치아의 수호성인은 성 테오도로였다. 829년 베네치아의 상인이 이집트에서 성 마르코의 유해를 옮겨 오자, 당시 베네치아 총독은 성 마르코를 베네치아의 새로운 수호성인으로 선언했다. 그리고 성 마르코의 유해를 모실 새로운 성당의 건축을 결정했고, 그렇게 해서 지어진 성당이 바로 산마르코 대성당이다. 대성당은 832년에 완공되었다가 976년경 소실되었고, 오늘날과 같은 형태의 성당이 된 것은 11세기경이다. 하지만 이후에도 500년 동안 더 공사를 진행하여 현재의 모습을 갖추었다.

대성당과 관련하여 재미있는 일화가 하나 있다. 대성당 입구 정면 위에는 네 마리의 청동 말상이 세워져 있는데, 원래 이 청동 말상은 콘스탄티노플(현재 이스탄불)에 있던 것을 13세기 초 십자군 전쟁 때 가져온 것이다. 그런데, 1797년 나폴레옹이 베네치아를 점령했을 때, 나폴레옹은 이 청동 말상을 전리품으로 가져가서 파리의 개선문 위에 장식했다. 나중에 나폴레옹이 전쟁에서 패하자 이 청동 말상은 다시 베네치아로 돌아올 수 있었다. 현재 대성당 입구 정면 위에 있는 청동 말

▲ 산마르코 광장(큰 광장). 정면에 산마르코 대성당. 종탑 옆 조금 보이는 건물이 두칼레 궁전이고, 바로 옆 조금 보이는 건물이 신정부 청사. 좌측 건물이 구정부 청사

상은 복제품이라고 한다. 대기오염 등으로 청동 말상이 부식되자 원래 청동 말상은 박물관으로 옮겨 보관하고, 복제품을 만들어 장식해 놓았다고 한다.

대성당에서 나와 산마르코 광장을 바라보았다. 비는 여전히 그치지 않고 가랑비 수준으로 내리고 있었다. 비가 오는 날은 사진 찍기도 쉽지가 않았다. 일단 대성당을 배경으로 몇 장 찍었다.

아버지에게 이곳에 대해 알려 주고 싶었지만 비도 오고, 날씨도 추워서 좀체 그럴 여유가 없었다. 아버지는 웅장하고 화려한 산마르코 대성당을 본 것만으로도 아주 만족스러워했다. 사실, 베네치아는 보이는 것 모두가 신기하고 감탄이 절로 나올 풍경이기 때문에 아무런 역사를 모르더라도 보는 것 자체로 행복한 곳이다. 두칼레 궁전, 탄식의 다리를 배경으로 사진 몇 장을 더 찍었다.

대충 구경을 끝내고 카페로 들어갔다. 아버지와 따뜻한 커피 한 잔을 마시며 추운 몸을 녹였다. 커피를 마시며 비로소 두칼레 궁전과 탄식의 다리에 대해 이야기할 여유가 생겼다.

두칼레 궁전과 탄식의 다리

산마르코 대성당 옆에 있는 두칼레 궁전은 베네치아 총독의 공식 거주지이다. 1797년 나폴레옹에게 점령당하기 전까지 약 1,100년 동안 베네치아 총독들은 두칼레 궁전에서 집무를 보았다.

두칼레 궁전은 9세기경 처음 지어졌는데, 현재와 같은 모습으로 건축된 것은 14~15세기경이다. 흰색과 분홍색으로 꾸민 외관은 산뜻하면서도 우아한 느낌을 주고, 36개의 기둥으로 이루어진 회랑은 궁전을 더욱 돋보이게 한다.

두칼레 궁전에서 가장 유명한 방은 재판을 담당했던 '10

인 평의회' 방이다. 이 방이 유명하게 된 것은 이곳에 세계에서 가장 큰 유화 작품이 있기 때문이다. 가로 24.65미터, 세로 7.45미터 크기로 거의 한쪽 벽면을 가득 채우고 있다. 이 벽화는 틴토레토가 그린 〈천국〉이라는 제목의 유화 작품이다. 또 이 방에는 베네치아의 주요 역사를 그린 그림과 베네치아 역대 총독 76명의 초상화도 걸려 있다.

두칼레 궁전을 이야기할 때 빠져서는 안 될 장소가 하나 있다. 바로 '탄식의 다리(또는 통곡의 다리)'이다. 원래 두칼레 궁전에는 재판소와 감옥이 함께 있었는데, 나중에 궁전 뒤 작은 운하 건너편에 새로운 감옥을 지었다. 그리고 궁전에서 운하

▲ 탄식의 다리. 다리 왼쪽이 두칼레 궁전, 오른쪽이 감옥

를 건너 감옥에 갈 수 있도록 다리를 하나 만들었는데, 이 다리가 바로 탄식의 다리이다.

죄수들은 궁전 안 재판소에서 판결을 받으면 이 다리를 건너 감옥으로 향했고, 다리를 건너면서 다시는 아름다운 베네치아의 풍경을 볼 수 없을 것 같은 생각에 한탄하는 한숨을 쉬었다고 한다. 그런 까닭에 탄식의 다리, 통곡의 다리라는 이름이 붙여진 것이다. 슬프면서도 가장 적합한 이름이라는 생각이 들었다.

가장 아름다운 다리, 리알토 다리

하지만 베네치아에서 가장 유명한 다리는 '리알토 다리'이다. 리알토 다리는 'S'자 모양으로 이루어진 베네치아의 대운하에 최초로 건설된 다리이다. 원래부터 리알토 다리 주변은 베네치아의 중심지였는데, 12세기까지 대운하를 가로지르는 다리가 없어서 여러 가지로 불편한 점이 많았다.

사람들은 대운하를 가로지르는 돌로 된 다리를 만들기 위해 여러 차례 시도했지만 그때마다 부식되거나 붕괴되어 모두 실패했다. 1591년에 와서야 안토니오 다 폰테가 돌로 된 리알토 다리를 완성할 수 있었다. 1854년 아카데미아 다리가 대운하에 건설되기 전까지 리알토 다리는 베네치아 대운하에 건설된 유일한 다리였다.

리알토 다리는 대운하에 최초로 건설된 다리라는 점 때문에도 유명하지만 그 자체 가장 아름다운 다리라는 찬사도 함께 받고 있어서 베네치아를 방문하는 사람들은 반드시 보아야 하는 명소이다. 또 다리 위에는 베네치아의 대표적인 기념품인 유리공예품과 귀금속, 가죽 제품, 가면 등을 파는 상점들이 화려하게 점포들을 장식해 놓고 있어 항상 사람들로 붐비는 곳이기도 하다.

베네치아의 명물, 곤돌라

베네치아에 와서 반드시 체험해야 할 것이 하나 있다. '곤돌라'를 타 보는 것이다. 곤돌라는 베네치아에 있는 세계적인 건축물 못지않게 사람들의 관심을 끄는 물건이다. 자동차가 없는 베네치아에서는 곤돌라가 자동차를 대신하는 교통수단이기 때문이다.

곤돌라는 이탈리아 어로 '흔들리다'라는 뜻이다. 곤돌라는 11세기부터 베네치아의 운하를 다니는 중요한 교통수단이었고, 한때 1만 척이나 될 정도로 많았다. 현대에 와서는 수상 버스와 모터보트의 보급으로 주로 관광용으로 이용되고 있고, 그 수도 수백 척에 불과하다.

곤돌라는 길이 10미터, 너비 1.2~1.6미터 정도 크기의 작은 배로 5~6명이 탈 수 있다. 앞쪽과 뒤쪽이 모두 휘어져 올라가 있고, 뱃머리는 아주 조금 왼쪽으로 꺾여 있는데, 이렇게 한 데는 노 젓는 힘을 줄이고 곤돌라가 뱅뱅 도는 것을 막아 주기 때문이라고 한다.

현재 곤돌라는 1562년부터 이어져 내려온 전통대로 모두 검은색으로 통일되어 있다. 중세 시대 귀족들이 자신들의 부를 과시하기 위하여 곤돌라를 치장하자, 나라에서 법으로 곤돌라의 색을 모두 검은색으로 통일시켰기 때문이다.

관광용으로 사용하는 곤돌라를 타면 '곤돌리에'라고 부르는 뱃사공이 있다. 그런데, 곤돌리에는 아무나 할 수 있는 것이 아니라 자격시험을 합격한 사람만이 될 수 있다. 그만큼 베네치아에서 곤돌라는 특별한 존재이다.

특히, 관광용 곤돌라를 타면 곤돌리에가 부르는 멋진 칸초네(이탈리아 대중 가곡)를 들을 수 있는데, 이는 베네치아에서만 경험할 수 있는 멋진 낭만이자 추억이다. '베네치아에서 곤돌라를 타고 곤돌리에가 부르는 멋진 칸초네를 듣지 않았다면 베네치아를 가 본 것이 아니다.'라는 말이 있을 정도라고 하니, 곤돌라는 베네치아를 대표하는 명물 중에 명물이다.

곤돌라를 타지 않으면 베네치아에 온 것이 아니라고 하니 어찌 그냥 지나칠 수 있으랴. 산마르코 광장에서 자유 시간을 마친 우리 일행도 곤돌라를 타기 위하여 곤돌라 탑승장으로 갔다. 비는 여전히 내리고 있어서 곤돌라를 탈 수 있을지 조금 걱정이 되었다.

다행히 곤돌라는 운행되고 있었다. 한 가지 난처한 일은 곤돌라를 타면서 포도주를 한 잔씩 마신다는 것이다. 맑은 날씨라면 더없이 좋은 낭만이었으리라. 곤돌라를 타고, 포도주 한 잔을 마시며, 곤돌리에의 멋진 칸초네를 듣는 모습을 상상해 보라.

◀ 베네치아 명물 곤돌라

하지만 지금은 비가 내리고 있다. 비가 오는 가운데 곤돌라 안에서 포도주를 마실 수 있을까? 아버지와 내가 탄 곤돌라에는 총 6명이 탑승했다. 6명 중 나이가 제일 어린 내가 포도주 한 병과 비닐 컵을 들었다. 포도주를 따르는데, 빗방울도 따라 들어갔다. 날씨는 춥고, 비는 오고 낭만은 어디에도 없었다. 낭만은 뒤로 두고 빠르게 포도주 한 잔을 마셨다.

마침 곤돌리에가 칸초네 한 곡을 부르기 시작했다. 무슨 노래인지는 모르겠지만 그 소리는 주위 풍광과 더불어 더 구슬프게 느껴졌다. 아무튼 베네치아에서 반드시 해 보아야 하는 곤돌라 타는 일은 그렇게 큰 탈 없이 무사히 마쳤다. 맑은 날씨였다면 얼마나 좋았을까 하는 아쉬움이 가득 남았다.

곤돌라 체험을 마친 우리 일행은 모터보트를 타고 베네치아를 한 바퀴 돌았다. 이것으로 베네치아에서의 일정은 모두 끝났다. 보트를 타고 베네치아를 한 바퀴 돌아보니 바다 위 거대한 도시의 위용이 느껴졌다. 다시 한 번 이 도시를 건설한 인간의 위대함에 찬사를 보냈다.

베네치아 본섬을 나와서 우리 일행은 인근 호텔로 향했다. 하루 종일 쌀쌀한 가운데 비를 맞으며 돌아다녔더니 호텔 생각이 간절했다. 호텔에서 주는 저녁을 먹고 바로 방으로 올라갔다. 이제는 일상이 되어 버린 호텔 방에서의 술자리가 어김없이 펼쳐졌다. 습관처럼 되어 버린 술 한 잔이었지만 어제와는 달리 오늘은 술맛이 정말 좋았다. 하루 종일 비바람과 추위에 떨었던 몸을 소주 한 잔이 녹여 주었다.

지친 하루 일정을 마치고 포근한 호텔 방에서 고국에서 가져온 소주 한 잔을 마시는 이 시간이 더없이 행복했다. 피곤은 역시 술로 풀어야 되는 모양이다. 아버지와 나는 소주 한 잔에 소소한 행복을 느꼈다.

오늘 본 베네치아는 정말 상상 그 이상의 도시였다. 어떻게 바다 위에 거대한 도시를 건설할 수 있었을까? 지금처럼 과학이 발전한 상태에서도 바다 위 도시는 실현시키기 어려운데, 그 옛날 어떻게 이런 도시를 만들 수 있었을까?

베네치아 역사에서 알 수 있듯이 더 이상 도망갈 곳이 없었던 사람들의 피와 땀이 만들어 낸 기적이라고 말 하는 것 외에는 달리 표현할 방법이 없다. 인간은 생존이 걸린 상황에서는 불가능도 가능하게 하는 무엇이 있는 것 같다. 생존에 대한 몸부림, 그것이 오늘날 베네치아를 만들었다.

문득, 아버지의 삶을 생각해 보았다. 아버지 세대는 모두들 어려운 삶을 살았다. 그 당시에도 생존에 대한 몸부림이 있었을 것이다. 아버지는 초등학교를 졸업하자마자 농사를 짓기 시작해서 지금까지 농사를 짓고 있다. 아마 초등학교 시절에도 농사를 도왔을 것이다. 근 70년을 농부의 삶을 살고 있는 셈이다.

가난한 농부가 자식 셋을 키우기는 쉽지 않았을 것이다. 죽기 살기로 땅만 팠을 것이다. 그렇게 하지 않으면 생존할 수 없었기 때문이다. 농사는 정말 고단한 일이다. 농사를 해 보지 않은 사람은 농사의 고통을 결코 알 수 없다.

아버지는 잠깐의 여유도 부리지 않고 농부로만 70년 세월을 보냈다. 자식들을 위해서 그렇게 살았을까, 아니면 당신 삶의 애착 때문이었을까? 아버지 세대는 자신들을 위한 삶은 없었다. 오로지 자식들을 위한 삶만 존재했다.

그렇게 산 아버지의 삶이 한편으로는 너무 고맙지만 한편으로는 너무 불쌍했다. 베네치아 사람들의 생존에 대한 몸부림, 그 이상을 아버지의 삶에서 느꼈다면 그건 조금 과장된 표현일까? 고단한 농부의 삶을 평생 살아가고 있는 아버지가 정말 대단해 보였다.

그런데, 아버지는 왜 농사를 선택했을까? 아버지 형제 중에서 유일하게 아버지만 할아버지의 가업을 물려받았다. 언젠가 아버지에게 이 얘기를 여쭈어본 적이 있었다.

농사는 아버지가 원해서 선택한 건 아니었다. 아버지 위로 형님 두 분은 일찍이 객지로 나갔고, 할아버지를 도와 농사를 할 사람은 아버지밖에 없었다. 아버지 밑으로 세 동생은 아직 어린 나이였고, 아버지는 어쩔 수 없이 시골에 남아야 했다. 원해서 시작한 것이 아니었음에도 아버지는 그 일에 대해서 만족하고 최선을 다했다.

아버지도 객지로 나갈 기회가 있었다고 했다. 그런데 그 기회는 어머니의 반대로 무산되었다. 어머니는 집도 있고, 땅도 있고, 먹을 것도 있는 안정된 삶을 포기하고 객지로 나가는 것이 두려웠던 것이다.

만약 그때 아버지가 객지로 나갔다면 아버지 삶은 어떻게 되었을까? 그리고 우리 자식들의 삶은 또 어떻게 되었을까? 지금과는 분명 달랐을 것이다. 한 가지 확실한 것은 아버지는 어디를 가서, 어떤 일을 하더라도 좋은 성과를 거두었을 것이다. 내가 이렇게 장담할 수 있는 건 아버지의 성실함을 알고 있기 때문이다.

어릴 때는 아버지가 농부인 것에 대해 많이 원망했다. 내가 초등학교 다닐 때는 놀이가 삶의 전부였다. 학교에서 돌아오면 그때부터는 산이나 들로 뛰어다니는 게 우리의 일상사였다. 그런데 농사를 짓는 집의 아이들은 그렇게 놀 수가 없었다. 부모님을 도와서 일을 해야 했다. 특히, 주말에는 엄청난 양의 일이 기다리고 있었다. 아이들이 많은 일을 하는 건 아니었지만 그래도 옆에서 거들어주면 한결 편안했기 때문이다. 주말에 열심히 놀고 있을 친구들을 생각하면 농부인 아버지가 그렇게 원망스러울 수가 없었다. 아버지가 농사를 짓지 않았다면 얼마나 좋았을까? 어릴 때는 이런 생각을 참 많이

했었다.

또, 어린 마음에 아버지가 농부인 것이 조금 창피한 적도 있었다. 그러나 어른이 된 이후에는 단 한 번도 그런 생각을 하지 않았다. 오히려 아버지의 삶을 존경했고, 자랑스러워했다. 그런 의미에서 아버지는 멋진 삶을 살았다고 자부해도 된다. 자식이 아버지의 삶을 존경하고 자랑스러워하는데 더 바랄 것이 무엇이란 말인가?

아버지는 훌륭한 삶을 살았고, 지금도 그렇게 살고 있다. 자식으로 바람이 있다면 이제는 그 고단한 삶을 조금 내려놓았으면 하는 것이다. 하고 싶은 것 마음껏 하고, 가고 싶은 곳 어디든 다녔으면 좋겠다.

베네치아 이야기

수상 도시 베네치아는 글자 그대로 물 위, 정확히는 바다 위에 떠 있는 도시다. 한마디로 기적의 도시다. 어떻게 바다 위에 도시를 건설할 수 있단 말인가? 베네치아의 역사를 알고 나면 그 기적의 드라마를 가슴으로 느낄 수 있다.

베네치아는 118개의 섬과 150여 개의 운하, 400여 개의 다리로 이루어진 지구상에서 유일하게 바다 위에 떠 있는 도시이다. 이 도시는 특별하게도 지구상에서 유일하게 자동차가 없는 도시이기도 하다. 자동차가 없는 대신 '곤돌라'라는 작은 배가 좁은 골목과 운하를 다니면서 자동차 역할을 한다.

베네치아가 바다 위에 건설될 수 있었던 것은 독특한 지형 때문이다. 베네치아는 포 강과 아드리아 해가 만나는 지점에 위치해 있다. 그러다 보니 한쪽은 포 강에서 내려온 모래가 쌓여서 바다와 분리된 얕은 석호(호수)들이 형성되었고, 한쪽은 아드리아 해에서 밀려드는 조수간만의 차로 넓은 갯벌이 형성되었다. 사람들은 이렇게 만들어진 얕은 석호나 갯벌 바닥에 나무를 박고, 그 위에 석회암과 대리석을 얹어 집을 지었다. 세월이 지나면서 바다 속에 박힌 나무는 공기와 차단되면서 아주 단단하게 굳어져 건물들을 지탱할 수 있게 되었다.

그런데, 왜 사람들은 이런 곳에 힘들게 집을 짓고 살았을까? 그건 베네치아의 역사에서 그 이유를 찾을 수 있다.

5세기 중반 서로마 제국이 멸망(476년)하면서 북동쪽에 살고 있던 이민족들이 베네치아가 있는 베네토 지역을 침범했다. 이민족들이 침범하자 베네토 지역에 살고 있던 사람들은 피난을 떠날 수밖에 없었고, 결국 내륙의 끝인 바다까지 쫓겨 나왔다. 이들이 도착한 곳은 석호와 갯벌로 이루어진 습지대였고, 더 이상 도망칠 곳이 없었던 이들은 이곳에 삶의 터전을 만들 수밖에 없었다.

사람들은 우선 큰 섬을 중심으로 정착했고, 이후 인구가 늘어나자 주변 섬으로 이동을 시작했다. 그리고 석호 지역과 갯벌 지역에는 나무를 박고, 그 위에 집을 지으면서 점차 거대한 도시로 발전할 수 있었다.

이렇게 형성된 베네치아가 도시의 모습을 갖춘 것은 6세기경이다. 이때부터 베네치아는 지리적 이점을 바탕으로 여러 도시와 무역을 하면서 발전하기 시작했다. 7세기 말에는 동로마 제국(비잔틴 제국)의 황제로부터 자치권을 인정받아 독자적으로 총독을 뽑고, 하나의 공화국으로 성장했다. 이렇게 해서 탄생한 게 바로 '베네치아 공화국'이다.

베네치아는 무역을 통하여 부를 축적했고, 14세기경 최고의 전성기를 맞았다. 현재 베네치아의 인구가 2십7만 명 정도인데, 당시 인구가 2십만 명이었다고 하니 베네치아가 얼마나 큰 도시였는지 짐작할 수 있다.

베네치아는 15세기부터 오스만 제국과의 대립, 흑사병 등으로 쇠락의 길을 걷기 시작했고, 1797년 나폴레옹의 침입으로 공화국은 막을 내렸다. 19세기 초 잠시 오스트리아의 지배 아래에 들어갔다가 1866년에 이탈리아 왕국에 편입되었다.

베네치아는 현재 심각한 고민에 빠져 있다. 지반 침하와 지구온난화로 인해 해수면이 상승하여 해마다 홍수 피해를 입고 있기 때문이다. 지반 침하는 지반이 약한 곳(모래와 갯벌)에 나무를 박고 그 위에 건물을 세운 탓도 있지만 19세기 산업화 과정에서 무분별하게 지하수를 개발한 것이 원인이 되었다고 한다. 해수면이 상승하면 베네치아는 바다 속 도시가 될지도 모른다.

이탈리아 정부는 이런 베네치아를 살리기 위해 여러 가지 방법을 모색하다가 '모세 프로젝트'를 추진하고 있다. 이 프로젝트는 베네치아 앞바다에 해수면의 높이에 따라 수문이 자동 조절되는 장치를 만들어 홍수의 피해를 막는 것이다. 이 프로젝트가 성공하여 수상 도시 베네치아가 그 아름다운 모습을 간직할 수 있었으면 좋겠다.

베네치아 카니발 이야기

베네치아는 한 가지 더 알고 가면 좋은 이야기가 있다. 세계 10대 축제 중 하나이자, 이탈리아 최대 축제인 '베네치아 카니발' 이야기다. '카니발'은 가톨릭에서 사순절 전, 10여 일 정도 열리는 축제를 말한다. 사순절은 예수가 광야에서 40일 동안 금식하면서 사탄의 유혹을 이겨낸 것을 기념하여 가톨릭 신자들도 이 기간 동안 금식과 금육을 하면서 개인적인 희생을 하는 시기이다. 사순절이 끝나면 곧바로 부활절이다.

사순절이 되면 마음껏 먹고 마시는 것이 어렵기 때문에 사순절이 오기 전에 마음껏 먹고 즐기는 풍습이 생겼는데, 이것이 바로 '카니발'이다. 베네치아 카니발뿐만 아니라 전 세계적으로 카니발은 모두 부활절을 기준으로 매년 날짜가 바뀌는데, 보통 1월 말에서 2월 사이에 행해진다. 그리고 사순절 전날 끝난다.

카니발 기간에는 가장 행렬, 연극 공연, 불꽃 축제, 가면무도회 등 다양한 행사가 베네치아 전역에서 열린다. 행사 중에서 가장 관심을 끄는 것은 축제 마지막 주말에 열리는 가면무도회이다. 가면무도회가 끝나면 가면과 의상에 대한 경연대회가 열리기 때문에 카니발 축제 기간에는 어디든 화려한 가면과 의상을 입은 사람들을 만날 수 있다. 그래서 베네치아 카니발은 가면 축제라고 부르기도 한다.

베네치아 카니발의 역사는 12세기경부터 시작되었다. 이렇게 오랜 전통을 지닌 베네치아 카니발도 한때 금지된 경우가 있었다. 1797년 나폴레옹이 베네치아를 점령했을 때 카니발 행사를 금지시켰고, 나폴레옹이 물러간 다음에 이탈리아를 통치한 무솔리니도 카니발을 금지시켰다. 카니발은 전통 축제를 복원하기 위한 베네치아 시민들의 노력으로 1979년에야 다시 열릴 수 있었다. 현재 베네치아 카니발에는 매년 300만 명 이상이 참가하여 축제를 즐긴다고 한다.

아쉬움을 두고 떠난 사람은 돌아오기 마련이다

– 이탈리아 피렌체에서

간밤에 푹 잤더니 그런대로 피곤은 조금 풀렸다. 그런데, 오늘도 날은 잔뜩 흐렸다. 곧 비가 올 것만 같았다. 어제도 하루 종일 비가 와서 힘들었는데, 오늘도 걱정이다.

오늘은 꽃의 도시라고 불리는 피렌체를 관광하는 날이다. 호텔에서 피렌체까지는 버스로 약 5시간 정도 걸린다.

호텔을 출발할 때는 비가 내리지 않았는데, 가는 도중에 우려했던 대로 비가 내리기 시작했다. 연이틀 비라니, 참으로 난감한 일이다. 피렌체에 도착해서는 비가 내리지 않기를 간절히 바랐다.

버스를 타고 이동하는 동안 열심히 기도를 드렸다. 아버지도 묵주기도를 열심히 바치고 있었다. 두 부자의 간절한 염원이 이루어질지 기대해 봐야겠다.

피렌체에 도착했지만 야속하게도 비는 계속 내리고 있었다. 절실함이 덜했던 탓일까? 아버지와 나의 기도는 이루어지지 않았다. 한 가지 더 난감한 일은 시내 목적지까지 우산을 쓰고 걸어야 하는 일이었다.

이탈리아의 유명 관광 도시들은 대부분 대형 버스를 시내에 들어오지 못하게 한다. 교통 문제와 환경오염 때문이다. 우리도 도심 외곽의 버스 정류장에 내려 피렌체의 가장 중심이 되는 시뇨리아 광장까지 걸어야 했다. 화창한 날이었다면 걸으면서 보는 모든 것이 신기하고 즐거웠을 텐데, 우산을 쓰고 걷는 기분은 전혀 그렇지가 않았다.

버스에서 내려 시내 방향으로 걷고 있는데, 거짓말처럼 비가 그쳤다. 하느님은 한 박자 쉬고 아버지와 나의 기도를 들어주셨다. 공기도 상쾌했고, 제대로 된 구경을 할 수 있을 것 같은 기대감으로 발걸음도 가벼웠다.

피렌체 고딕 양식의 걸작, 산타 크로체 성당

시뇨리아 광장으로 가는 길에 흰색의 아담한 성당이 눈에 들어왔다. 평범한 성당이라고 짐작했는데, 엄청 유명한 성당이었다. 이름은 '산타 크로체 성당'이다. 번역하면 '성스러운 십자가 성당'이다. 이 성당은 1442년 프란체스코 수도회 성당으로 건립되었는데, 피렌체 고딕 양식의 걸작이라고 한다.

이 성당이 유명한 이유는 이곳에 유명 예술가들의 무덤이 있기 때문이다. 이곳에는 미켈란젤로, 갈릴레오 갈릴레이, 마키아벨리, 로시니, 기베르티 등의 무덤이 있고, 단테의 가묘가 있다.

▲ 산타 크로체 성당

이탈리아의 대표적인 시인이자 사상가인 단테는 생애 마지막에 추방을 당한 뒤 라벤나에서 숨을 거두었다. 단테는 추방을 당했기 때문에 죽어서도 고향인 피렌체에 돌아올 수 없었고, 위대한 사상가였던 그를 기리기 위해서 이곳 성당에 가묘를 만들었다고 한다. 단테는 현재 그가 죽은 라벤나에 묻혀 있다.

한 가지 재미있는 이야기가 있다. 피렌체는 단테의 시신을 돌려달라고 라벤나에 요구하고 있고, 라벤나는 계속 거부하고 있다고 한다. 피렌체는 단테의 묘가 없는 아쉬움을 성당 앞 오른쪽에 단테의 석상을 세워 기리고 있다. 또 이 성당 안에는 예술가들의 무덤뿐만 아니라 르네상스 미술의 걸작들도 많이 그려져 있다.

산타 크로체 성당은 가이드의 설명이 없었다면 그냥 지나쳤을 성당이었다. 이토록 유명한 예술가들의 무덤과 미술 걸작들이 이 성당 안에 있다고 생각하니 성당이 새롭게 보였다. 무엇이든 제대로 알아야 새롭게, 달리 보이는 법이다.

피렌체 정치의 중심지, 시뇨리아 광장

피렌체의 가장 중심이 되는 시뇨리아 광장은 지금도 피렌체 정치의 중심이 되는 곳이다. 광장에 있는 베키오 궁전은 지금도 시청사로 사용되고 있다. 베키오 궁전은 이 지역을 지배했던 메디치 가문의 거주지다. 시뇨리아 광장은 베키오 궁전과 함께 발전한 곳이다.

광장의 중앙에는 '넵튠의 분수(넵튠은 그리스 신화에 나오는 바다의 신이다.)'가 있고, 분수 옆에는 말을 타고 있는 코시모 1세의 동상이 있는데, 코시모 1세는 이 지역을 통치했던 메디치 가문 인물이다.(코시모 1세는 피렌체 공화국을 지배했던 코시모 데 메디치를 말한다.)

베키오 궁전 앞에는 미켈란젤로의 〈다비드 상〉이 세워져 있는데, 이것은 복제품이고, 원본은 아카데미아 미술관에 있다. 광장 주변으로 르네상스 시대 유명 예술인들의 복제품을 전시하는 옥외 미술관인 '로지아 데이 란치'가 있고, 르네상스 최고의 회화 걸작들을 모아 놓은 '우피치 미술관'과 아르노 강에 놓인 피렌체에서 가장 오래된 다리인 '베키오 다리'가 있다. 광장 주변은 어디를 둘러봐도 예술 작품들과 눈을 마주칠 수밖에 없다.

광장에서 가이드가 예술 작품과 예술가들에 대해 간략하게 설명을 해 주었지만 도무지 머리에 들어오지 않았다. 너무 많은 예술가와 예술품 이야기를 들어서 뒤죽박죽된 느낌이다. 아버지는 시뇨리아 광장에 있는 예술 작품들을 보고 어떤 느

▲ 시뇨리아 광장. 왼쪽에 코시모 1세 동상, 뒤쪽으로 넵튠의 분수, 분수 뒤에 베키오 궁전과 궁전 앞에 있는 미켈란젤로의 다비드 상

낌이 들었을까? 아버지가 알고 있는 예술가는 한 명도 없을 텐데, 눈에 보이는 작품들이 왜 유명한지, 어떤 가치가 있는지 알 수 있을까?

진정 가치 있는 작품은 아무것도 모르는 사람이 보더라도 나름 감동을 받는다고 하는데, 아버지가 여기 있는 작품들 중에 감동을 받은 작품이 있는지는 잘 모르겠다. 이 글을 읽고 사진을 본다면 그때의 기억을 떠올릴 수 있을까?

가이드 설명이 끝나자마자 우리 일행은 광장에 있는 예술 작품을 배경으로 사진 찍기에 몰두했다. 나도 열심히 사진을 찍었다. 내가 생각해도 조금 바보 같은 행동을 하고 있었지만 사진이라도 있어야 나중에 지금의 기억을 떠올릴 수 있을 것 같았다. 이런 상황에서 작품을 감상하기는 불가능했다.

확실히 피렌체는 잠시 보고 갈 곳이 아니었다. 유독 피렌체에서 이런 생각이 많이 들었다. 사람의 발길을 잡아 두는 무엇이 있었다. 아마도 도시 전체가 박물관이라는 느낌을 받았기 때문이리라. 나중에 기회를 봐서 이곳 피렌체만 일주일가량 머물며 도시 곳곳을 돌아다녀 봐야겠다고 다짐했다. 아마 그때는 르네상스 시대 예술가들의 숨결뿐만 아니라 아버지의 숨결도 함께 느낄 수 있을 것이다.

피렌체가 낳은 위대한 사상가, 단테

피렌체의 중심이 시뇨리아 광장이라면 피렌체에서 가장 유명한 건축물은 피렌체 두오모 대성당이다. 광장에서 두오모 대성당으로 가는 길에 관광객들의 발길을 멈추게 하는 유명한 장소가 하나 있다. 그 장소는 이탈리아의 위대한 시인이자, 피렌체가 낳은 위대한 인물인 단테가 태어난 집이다. 현재는 단테 기념관으로 운영되고 있다.

단테는 인간의 속세와 영원, 운명을 기독교적 시각으로 그

려낸 〈신곡〉으로 널리 알려진 시인이다. 이 작품은 지옥, 연옥, 천국을 여행하는 형식을 취하고 있으며, 인간이 죄악의 현실에서 벗어나 구원을 얻고, 신의 세계로 다가가는 모습을 그렸다.

〈신곡〉은 단테가 죽기 직전인 1321년에 완성되었는데, 40여 년에 걸쳐 완성한 것으로 추정하고 있다. 이 작품의 구성은 단순하다. 단테 자신으로 추정되는 인물이 저승 세계로 여행할 수 있게 되어 지옥과 연옥, 천국에 사는 영혼들을 찾아가는 구성이다. 이 인물에게는 안내자가 두 명 있는데, 한 명은 지옥과 연옥을 안내하는 베르길리우스(로마 제국 시대의 위대한 시인)이고, 다른 한 명은 천국을 소개하는 베아트리체이다.

베아트리체는 단테가 아홉 살 때 첫눈에 반해서 죽을 때까지 사모한 여인이다. 베아트리체는 피렌체 귀족의 딸이었는데, 24세 젊은 나이에 세상을 떠났다. 단테는 베아트리체를 〈신곡〉에서 천국의 안내자로 등장시켜 그녀에 대한 마음을 표현했다.

단테가 태어난 집 건물 벽에는 이곳이 단테의 생가(生家)임을 알 수 있게 해 주는 걸개 현수막과 단테의 흉상이 있다. 이것을 보고 관광객들은 이곳이 단테의 생가임을 확인하고, 사진 한 컷 찍는 것으로 그에 대한 마음을 표현하고 있다.

그 동안 단테의 〈신곡〉은 정독을 하지 못했고, 줄거리만 대

강 알고 있었다. 집에 돌아가면 〈신곡〉을 꼭 정독해서 읽어보아야겠다고 생각했다. 이곳에서 그 옛날 단테의 숨결을 느끼고 나서 〈신곡〉을 본다면 분명 새로운 느낌을 받을 수 있을 것이다.

피렌체의 상징, 피렌체 두오모 대성당

단테의 생가를 지나 피렌체에서 가장 유명한 건축물인 두오모 대성당에 도착했다. 피렌체 두오모 대성당의 정식 이름은 '꽃의 성모 마리아'라는 뜻의 '산타 마리아 델 피오레 대성당'이다. 이 대성당은 브루넬레스키가 설계하고 완성시킨 돔으로 특히 유명하다.

'두오모'라는 이름은 영어로 '돔'을 말하는데, 우리말로는 둥근 천장을 의미한다. 이탈리아에서 두오모는 '대성당'이나 '주교좌 성당'을 의미하기도 한다. 그러니까 피렌체 두오모 대성당은 피렌체 주교좌 성당인 셈이다.

피렌체 두오모 대성당은 로마의 성 베드로 대성당, 런던의 세인트 폴 대성당, 밀라노의 두오모 대성당에 이어 세계에서 네 번째로 큰 성당이라고 한다. 피렌체 두오모 대성당이 지어졌을 당시에는 세계에서 가장 큰 성당이었다.

▲ 피렌체 두오모 대성당

성당 건축은 1296년에 시작되어 140년이 지난 1436년에 완공되었다. 성당은 세계적으로 유명한 돔 외에도 르네상스 시대 거장들의 그림과 조각으로 내부가 장식되어 있어 명성을 얻었다.

성당을 처음 설계한 사람은 아르놀포 디 캄비오였는데, 캄비오 사후 여러 건축가들이 맡아서 완공시킬 수 있었다. 1334년에 공사 책임을 맡았던 화가이자 건축가인 조토는 성당의 종탑을 완성시킨 인물이다. 성당은 1418년 거의 완성되었는데, 성당의 중심인 돔만 완공을 보지 못했다.

성당 측은 1418년 대성당의 돔을 완성시킬 건축가를 찾기 위해 공모전을 열었고, 조각가이자 건축가인 브루넬레스키를 돔의 설계자로 결정했다. 하지만 지름 42미터의 거대한 돔을 완성시키는 것은 쉬운 일이 아니었다. 브루넬레스키는 로마에 있던 판테온의 돔에서 영감을 얻어 돔 공사를 시작했다. 나무와 벽돌을 주재료로 하는 이중 벽 형태의 돔 계획을 세워서 역사상 최초의 팔각형 돔을 완성시킬 수 있었다. 돔을 완성시킨 보답인지는 모르겠지만 브루넬레스키의 무덤은 이 성당 지하실에 있다.

피렌체 두오모 대성당의 돔의 지름은 42미터인데, 로마 판테온의 돔(지름 43미터)에 이어 세계에서 두 번째로 큰 돔이다. 로마의 성 베드로 대성당의 돔의 지름은 41.5미터이다.

피렌체 두오모 대성당은 피렌체 어디에서 보더라도 눈에 띌 정도로 엄청난 규모를 자랑하는 건물이다. 반대로, 대성당의 종탑이나 돔에 올라가면 피렌체 시내를 한눈에 내려 볼 수 있다. 일정상 종탑이나 돔에 올라가 보지 못한 것이 못내 아쉬웠다.

대성당의 내부는 그 명성에 비하면 비교적 소박한 느낌이다. 가장 관심을 끄는 부분은 돔 내부 천장에 그려진 〈최후의 심판〉이다. 이 프레스코화는 바사리와 그의 제자들이 완성했다. 아버지는 태어나서 이렇게 큰 성당은 처음 보았을 것이다. 아버지는 대성당의 엄청난 규모에 탄성을 토해 냈다. 내일 로마에서 이보다 더 큰 성당을 보게 되면 어떤 표정을 지을지 궁금하다. 아버지와 제단 앞에 앉아 잠시 기도를 드렸다. 잠깐이지만 성당에 앉아 기도 드리는 시간은 참으로 행복했다.

나는 성당 내부를 둘러보면서 잠시 성당의 역사를 생각해 보았다. 장장 140년간을 수없이 많은 사람들의 피와 땀으로 완성된 성당이라고 생각하니, 절로 숙연한 느낌이 들었다. 한편으로는 이렇게 크고 웅장한 성당을 꼭 지을 필요가 있었을까 하는 반감도 들었다. 하느님의 가르침은 큰 성당을 지어 당신을 기리는 것이 아니라 가난한 이웃을 사랑하라는 것이었다. 신앙이 부족한 나로서는 무엇이 옳은 것인지 잘 모르겠다. 하느님의 뜻은 따로 있을 것이다.

신앙심이 깊은 아버지도 성당의 부유함이나 화려함은 반대했다. 성당이 가난해야 하느님의 사랑을 더 많이 실천할 수 있다는 이유에서다. 아버지는 평생을 하느님의 사랑을 실천하면서 살았다. 아들인 내가 보기에 아버지의 삶은 배려와 양보의 삶이었다.

아버지는 다른 사람의 부탁을 거절하지 못하는 성격이다. 내 집 일이 급한 상황에서도 누군가 부탁을 하면 거절하지 못하는 분이다. 이런 아버지 성격 때문에 예전에는 어머니와 많이 다투었다. 어머니 입장에서는 다른 집 일을 먼저 하는 아버지가 많이 답답했을 것이다.

집안의 가장이 배려와 양보, 희생의 삶을 살게 되면 그 가족들은 힘든 생활을 할 수밖에 없다. 모든 면에서 1순위가 남이고, 가족은 2순위가 되기 때문이다. 어릴 때는 아버지의 이런 생각이 좋아 보이지 않았다. 어머니가 너무 힘들어 하는 모습을 보았기 때문이다.

지금도 나는 아버지와는 다른 생각을 갖고 있다. 나는 가족이 먼저이고, 남은 그 다음이다. 하지만 나는 아버지의 생각을 이해하고, 존경한다. 아버지는 충실하게 하느님의 사랑을 실천하고 있기 때문이다. 내가 그렇게 살고 있지 않기 때문에 더 아버지를 응원하는 것인지도 모르겠다.

피렌체 두오모는 내부보다 외부가 더 화려했다. 특히 대성당의 돔은 압도적으로 크고 돋보였다. 대성당의 돔을 배경으로 사진을 찍는 건 필수 코스다. 나도 아버지와 함께 사진 한 장을 남겼다. 이 사진은 아버지와 아들이 피렌체 두오모 대성당을 왔다는 증명사진이다.

청동문이 유명한 산 조반니 세례당

피렌체 두오모 대성당 바로 앞에는 또 하나의 유명한 성당이 있다. 팔각형 건물인 '산 조반니 세례당'이다. 이 성당은 피렌체에서 가장 오래된 성당인데, 피렌체의 수호성인인 산 조반니(성 요한)에게 바치기 위해 만들어졌다. 두오모 대성당이 완공되기 전에는 피렌체의 대성당 역할을 한 성당이다. 단테도 이 성당에서 세례를 받았다고 한다.

산 조반니 세례당이 더욱 유명하게 된 계기는 성당의 출입문으로 사용되고 있는 세 개의 청동문 때문이다. 남쪽에 있는 문은 현재 세례당의 출입문으로 사용되고 있는데, 이 청동문은 안드레아 피사노의 작품이다. 북쪽과 동쪽 문은 로렌초 기

◀ 기베르티가 제작한 산 조반니 세례당의 동쪽 문

베르티의 작품인데, 이 중에서 동쪽 문이 미켈란젤로가 '천국의 문'이라고 극찬했던 문이다.

그런데 현재 세례당에 있는 동쪽 문은 기베르티가 제작한 원본이 아니다. 원본은 두오모 박물관에 있고, 이것은 복제품이다. 문에는 구약 성서의 내용이 담겨 있다. 복제품이지만 많은 관광객들이 이 문을 배경으로 사진을 찍는다.

피렌체의 상징인 두오모 대성당을 보는 것으로 피렌체에서의 일정은 모두 끝났다. 이제 버스를 타고 로마로 이동해야 한다. 피렌체에서 로마까지는 버스로 4시간 정도 걸린다.

사실, 이번 아버지의 여행 중 가장 중요한 도시가 로마이다. 여행의 가장 큰 목적인 성 베드로 대성당이 로마에 있기 때문이다. 내일이면 아버지는 그토록 그리던 성 베드로 대성당을 볼 수 있다.

피렌체 이야기

피렌체는 '꽃'이라는 뜻이다. 기원전 로마 공화정의 정치가 카이사르가 이곳을 방문했을 때 멀리 핀 꽃을 보고 도시 이름을 지었다는 이야기가 전해지고 있는데, 이유야 어떻든 피렌체는 그 이름처럼 르네상스를 활짝 꽃 피운 도시라는 영예를 가지고 있다.

르네상스는 14세기에서 16세기 사이에 일어난 문예 부흥 운동이다. 그 문예 부흥 운동의 중심에 섰던 도시가 바로 피렌체이다. 유럽의 중세 시대는 종교(가톨릭)가 지배한 시대라고 말할 수 있다. 그런 까닭에 인간보다는 신을 더 중요하게 생각했고, 예술이나 문학, 사상 등은 발전하기 어려웠다. 한마디로 문화의 암흑 시기였다.

과학과 문명이 발전하면서 신 중심의 사고방식은 힘을 잃게 되었고, 인간 중심의 정신을 되살리려는 노력을 하게 되었다. 사람들은 인간 중심의 정신을 옛 그리스와 로마의 예술과 문화, 사상에서 찾으려고 하였는데, 이것을 르네상스라고 한다.

르네상스가 이곳 피렌체에서 시작되고 꽃을 피울 수 있었던 것은 이곳에 뛰어난 예술가, 과학자, 인문학자들이 있었기 때문이다. 그리고 이들 예술가들을 후원해 준 메디치 가문을 빼놓을 수 없다. 만약 메디치 가문이 없었다면 오늘날 우리는 피렌체에서 위대한 르네상스 시대의 예술품들을 만나지 못했을 것이다.

피렌체는 기원전 10세기경 에트루리아 인들이 기초를 세운 것으로 알려져 있다. 에트루리아 인은 기원전 7세기경 로마를 지배했던 이민족들이다. 피렌체가 작은 마을에서 큰 도시로 성장하게 된 때는 많은 시간이 흐른 뒤인 12세기 무렵이었다.

12세기 초 피렌체 공화국이 성립되면서 모직과 귀금속 산업이 발전하였고, 이를 바탕으로 금융업을 활성화시켜 도시는 부를 쌓았다. 피렌체 공화국은 초기부터 상공업자가 중심이 된 도시 국가였다. 그런 까닭에 정치 권력도 귀족이 아닌 부를 가지고 있던 상공업자들이 갖게 되었다. 당시 공화국을 흔들었던 대표적인 가문이 금융업으로 부를 축적한 '메디치' 가문이었다.

특히, 15세기 초 피렌체 공화국을 지배한 메디치 가문의 코시모 데 메디치는 많은 예술가들을 후원하기 시작했고, 이때부터 피렌체의 문화는 급격하게 발전할 수 있었다.

메디치 가문 지배 이후 피렌체는 더 부유해졌고, 많은 예술가들을 후원하게 되자 이탈리아 각지에서 뛰어난 예술가, 과학자들이 피렌체로 몰려들기 시작했다. 레오나르도 다 빈치, 미켈란젤로, 갈릴레오 갈릴레이, 단테 등 수없이 많은 예술가와 문학가, 사상가들이 피렌체에서 활동하면서 위대한 예술품들을 남겼다. 이런 이유로 피렌체는 도시 전체가 르네상스 시대 박물관이라는 찬사를 받고 있다.

평생의 소원,
성 베드로 대성당을 보다

– 이탈리아 로마에서

피렌체에서 4시간을 달려 로마에 도착했다. 로마 시내에서 조금 벗어난 곳에 위치한 호텔에 여장을 풀었다.

내일은 하루 종일 로마 관광 일정이다. 한때 세계를 호령했던 로마 제국의 도시가 아닌가? 한마디로 로마는 역사의 도시다. 도시 전체가 유적지라고 해도 과언이 아니다. 내일 하루 동안 얼마나 많은 곳을 볼 수 있을지 그게 걱정이라면 걱정이다.

로마 관광을 하루 앞두고 아버지와 나는 소주 한 잔을 마시며 내일 일정에 대해 이야기를 나누었다. 드디어 내일이면 그토록 보고 싶었던 성 베드로 대성당을 볼 수 있다. 나도 가슴

이 두근거리는데 아버지는 더할 것이다. 평생의 소원 한 가지가 이루어지는 날이다.

아침에 일어나서 가장 먼저 창밖을 내다보았다. 날씨를 확인하기 위해서다. 지난 며칠은 비 때문에 제대로 된 여행을 할 수 없었다. 오늘도 마찬가지다. 잔뜩 찌푸린 하늘이다. 비 올 확률 100%다. 오늘은 이번 여행의 하이라이트라고 할 수 있는 성 베드로 대성당을 보는 일정인데, 또 비가 오다니 하느님이 조금 원망스러웠다. 나는 비가 오더라도 적게 오기를 마음속으로 간절히 빌었다.

호텔에서 아침을 먹고, 로마 시내 중심지로 이동했다. 오늘 로마 관광의 첫 일정은 바티칸 박물관이다. 우려했던 대로 비가 조금씩 내리기 시작했다. 다행히 맞아도 될 정도의 가랑비 수준이라 안심했다.

바티칸 박물관 관광은 줄 서서 기다리는 시간이 많다고 들었다. 바티칸 박물관에 도착하니 예상대로 많은 사람들이 이미 줄을 서 있었다. 우리도 일찍 서두른 덕분에 30분 정도 기다린 후 박물관 안으로 들어갈 수 있었다.

아버지가 박물관을 구경하는 건 힘든 일 중 하나다. 몇 시간 동안 앉지도 못하고 서서 잘 알지도 못하는 조각상과 그림을 보는 건 상당한 노동을 필요로 하기 때문이다. 그래도 바티칸 박물관 아닌가? 신앙심이 깊은 아버지에게 가톨릭과 관계된 것은 모두 관심의 대상이었다. 대영 박물관보다는 나름 관심 있게 둘러 볼 수 있을 것 같았다.

세계 3대 박물관, 바티칸 박물관

바티칸 박물관은 세계 3대 박물관 중 하나다. 그러고 보니 아버지는 이번 여행에서 세계 3대 박물관을 모두 볼 수 있는 행운도 잡았다. 이미 대영 박물관은 보았고, 지금 바티칸 박물관을 보게 될 것이고, 여행 마지막 일정에 파리에 가면 루브르 박물관을 보게 될 것이다.(세계 3대 박물관을 이야기할 때 바티칸 박물관 대신 러시아 상트페테르부르크에 있는 '에르미타주 미술관'을 넣기도 한다.)

바티칸 박물관은 교황 율리우스 2세(1503년~1513년)가 개인적으로 모았던 소장품들을 전시한 것에 그 기원을 두고 있다. 교황 율리우스 2세는 당대 최고의 화가와 조각가들을 불러 바티칸 궁전의 건축과 장식을 맡겼는데, 이것이 바티칸 박물관이 최고의 박물관으로 자리 잡게 된 계기가 되었다.

바티칸 박물관은 교황 클레멘스 14세(1769년~1774년)와 교황 피우스 6세(1775년~1799년)가 적극적으로 후원해서 18세기 후반에 일반에게 공개될 수 있었다. 지금의 박물관은 교황의

▲ 박물관의 화려한 천장

궁전으로 사용되던 바티칸 궁을 개조한 것이다.

바티칸 박물관은 1층과 2층으로 나누어지는데, 각 층에는 여러 개의 전시관이 별도로 마련되어 있다. 교황 선출을 하는 시스티나 성당도 박물관 건물 1층에 있다.

교황 선출 장소, 시스티나 성당

시스티나 성당은 성 베드로 대성당 못지않게 유명한 성당인데, 그건 당대 최고의 화가들이 그린 벽화들이 성당 안을 가득 채우고 있기 때문이다.

그 벽화들 중 단연 압권은 미켈란젤로가 그린 '천장화'와 '제단화'이다. 시스티나 성당이 유명한 또 다른 이유는 이곳에서 교황 선출이 이루어지기 때문이다.

시스티나 성당은 교황 식스투스 4세에 의해 1477년 착공하여 1481년에 완공되었다. 예루살렘의 솔로몬 신전을 본떠 설계되었다고 한다. 성당의 이름은 교황의 이름에서 따온 것이고, 가로 13미터, 세로 40미터, 높이 20미터 크기로 일종의 요새 같은 역할을 했던 장소이다.

성당의 내부는 온통 벽화들로 가득 차 있는데, 당대 최고의 화가들이 참가하여 완성하였다. 그런데 벽화가 완성되고 난 뒤 배수 문제로 천장에 균열이 생기자 교황 율리우스 2세는 미켈란젤로에게 천장을 장식하도록 요청했다. 미켈란젤로는 1508년부터 4년 동안의 노력 끝에 역사에 길이 남을 천장화를 완성했다. 천장화는 천지창조부터 구약성서에 나오는 중요한 사건들을 내용으로 하고 있다. 또 미켈란젤로는 교황 바오로 3세의 명에 의해 1535년부터 6년이라는 시간을 바쳐 시스티나 성당의 제단 벽면을 완성하였는데, 이것이 바로 그 유명한 〈최후의 심판〉이다.

사실, 이번 바티칸 방문에서 내가 가장 기대한 것은 성 베드로 대성당을 보는 것도 있었지만 그보다는 교황을 선출하는 시스티나 성당을 보는 것이었다. 성당 안에 미켈란젤로가 그렸다는 천장화와 제단 벽화 때문이었다. 그런데, 여행을 떠나기 전부터 예상하지 못했던 소식을 들어서 시스티나 성당을 볼 수 있을지 조금 걱정이 되었다.

그 예상하지 못했던 소식은 바로 교황 베네딕토 16세가 교황직을 내려놓은 사건이었다. 베네딕트 16세는 고령으로 몸이 불편하여 교황 업무를 수행할 수 없다며 교황직을 내려놓았다. 이는 가톨릭 역사상 교회의 분열을 끝내기 위해 1415년 교황 그레고리오 12세가 스스로 물러난 이후 처음 있는 일이었다. 교황은 종신직이기 때문이다.

나는 개인적으로 베네딕트 16세의 결정을 환영한다. 교황의 자리는 한순간도 비워 둘 수 없었기 때문에 곧바로 교황 선출을 시작해야 한다. 문제는 교황 선출 시기가 우리의 여행 일정과 겹친다는 데 있었다.

교황 선출을 언제부터 할 것인지는 우리가 여행을 시작할 무렵에는 아직 결정되지 않았다. 나는 교황 선출이 바티칸 방문 다음 날부터 시작되기를 간절히 바랐다. 하지만 나의 간절한 바람은 이루어지지 않았다. 피렌체에서 로마에 도착하던 날 저녁에 교황 선출 일정이 잡혔고, 그날부터 교황 선출을 준비하기 위해 시스티나 성당의 문을 닫는다는 소식이 들려왔다. 바티칸 방문 하루 전날 시스티나 성당의 문이 닫힌 것이다. 바티칸까지 왔는데, 시스티나 성당을 볼 수 없다는 현실에 나는 절망했다.

시스티나 성당은 박물관 구경을 마친 후 관람하게 되어 있었다. 예상대로 시스티나 성당을 들어가는 입구 문은 굳게 닫혀 있었다. 원래 일정대로라면 이 문을 통과하여 시스티나 성당으로 들어가야 하는데, 그렇게 할 수가 없었다. 나는 아쉬운 마음에 시스티나 성당으로 가는 출입문을 한동안 바라보았다.(여행 도중 시스티나 성당에서 열렸던 교황 선출은 여행 마지막 날인 3월 13일에 결과가 나왔다. 현재의 교황님인 프란체스코 교황님이 그때 선출된 분이다. 그리고 시스티나 성당을 보지 못한 아쉬움은 이로부터 3년 후에 풀 수 있었다. 아버지와 이스라엘 성지순례를 가면서 로마에 다시 들렀는데, 그때 시스티나 성당을 볼 수 있었다.)

가톨릭교의 총 본산, 성 베드로 대성당

요즘은 바티칸 박물관을 보고 나서 바로 성 베드로 대성당 내부로 들어간다고 하는데, 당시에는 박물관을 구경하고 난 후 성 베드로 대성당 앞 광장으로 나와서 줄을 서야 했다.

박물관에 들어갈 때는 생각보다 줄을 많이 서지는 않았는데, 성 베드로 대성당에 들어갈 때는 엄청나게 긴 줄을 서야 했다. 비는 여전히 조금씩 내리고 있었고, 대성당 안으로 들어가는 줄은 얼마나 긴지 베드로 광장을 거의 한 바퀴나 돌고 있었다. 빨리 들어간다고 해도 거의 1시간에서 2시간은 기다려야 할 것 같았다.

한 가지 좋은 점도 있었다. 줄을 서서 기다리며 성 베드로 대성당의 외관과 광장을 오래도록 볼 수 있었기 때문이다.

아버지와 나는 드넓은 광장과 광장 중앙에 웅장한 모습을 드러낸 성 베드로 대성당을 직접 눈으로 목격했다. 그토록 보고 싶었던 성 베드로 대성당이 아버지 앞에 서 있었다. 나는 감탄했고, 아버지는 감격했다. 아버지는 한참 동안 아무 말 없이 대성당을 바라보았다. 지금 이 순간 무슨 말이 필요할까? 그저 바라보는 것만으로도 충분했다.

그렇게 한동안 대성당을 바라보던 아버지는 감격에 겨운 듯 나지막이 얘기했다.

"참, 대단하네. 그 시대에 어떻게 이런 거대한 성당을 지었을까?"

"그러게 말이에요."

아버지와 나의 감정 표현은 정말 소박했다. 진정으로 감격한 사람은 겉으로 자신의 감정을 내보이지 않는다. 조금 감격한 사람들이 겉으로 감탄사를 쏟아내면서 좋아한다. 아버지는 진정 감격한 것이다.

아버지 평생 이런 환희와 감격을 느껴본 적이 있었을까? 그 옛날 자식들이 태어났을 때 이런 기분이었을까? 처음 논을 샀을 때, 새 집을 지어 분가했을 때, 자식들이 대학에 들어갔을 때, 자식들이 취업했을 때, 자식들이 결혼했을 때, 손자 · 손녀들이 태어났을 때도 이런 감격을 했을까?

아버지가 감정 표현을 잘하는 분이 아니라서 잘은 모르겠지만 지금 이 순간이 아버지 평생 최고의 순간이 아닐까 싶다. 아버지가 한평생 신뢰한 믿음의 결정체, 신앙의 중심에 서 있는 이 순간을 아버지는 영원히 기억할 것이고, 그 기억은 아버지의 남은 생을 더욱 신앙적인 삶으로 만들 것이다.

사진이나 영상으로만 봤던 대성당과 광장은 생각보다 더 웅장하고 신비로웠다. 성 베드로 대성당을 배경으로 아버지와 사진 한 장을 찍었다. 이 사진은 액자에 넣어서 집에 걸어 두어야 할 것 같았다.

감격할 일은 아직 남아 있었다. 이제 대성당의 외관만 본 것뿐이다. 오랜 기다림 끝에 드디어 대성당 안으로 들어갔다. 밖에서 대성당을 볼 때는 몰랐는데, 안으로 들어가니 그 규모가 어마어마했다. 인간이 만든 건물이라고는 믿기지 않았다.

성 베드로 대성당은 가톨릭 건축물 중 규모가 가장 큰 성당이다. 길이 약 220미터, 너비 150미터, 높이 138미터로 6만 명을 수용할 수 있는 규모라고 한다. 성 베드로 대성당은 예수님

▲ 성 베드로 대성당

의 제자 중 한 명이자, 초대 교황이었던 베드로 사도의 무덤 위에 지어진 성당이다. 64년경 로마 제국의 네로 황제에게 죽임을 당한 베드로 사도는 현재 대성당이 세워진 그 자리에서 십자가에 거꾸로 매달려 처형되었다.

베드로 사도의 무덤 위에 성당을 짓도록 지시한 사람은 기독교를 공인한 콘스탄티누스 황제이다. 이때의 성당은 324년 공사를 시작하여 25년간의 공사 끝에 완공되었다. 하지만 이때 완공된 성당은 외부의 잦은 침략으로 형체를 알아볼 수 없을 정도로 파괴되었다.

지금의 성당은 15세기 초 교황 니콜라오 5세가 계획한 것이고, 1506년 교황 율리우스 2세에 의해 시작되어 완공된 건물이다.

대성당은 공사 기간이 길었기 때문에 여러 명의 건축가들이 맡아서 진행했다. 브라만테, 라파엘로, 안토니오, 미켈란젤로 등이 대성당 건축을 담당했다. 미켈란젤로는 1546년부터 대성당의 공사 책임을 맡았는데, 대성당의 돔을 현재의 모습으로 설계하고, 그 돔을 완성하기 위해 많은 노력을 기울였다.

하지만 미켈란젤로는 돔의 완공을 보지 못하고 세상을 떠났고, 교황 식스투스 5세의 전폭적인 지원 아래 그의 제자인 포르타가 1590년 대성당의 돔을 완공했다. 현재 성 베드로 대성당의 돔의 총 높이는 136미터로 세계에서 가장 높은 돔이다.

대성당의 공사는 1605년 교황 바오로 5세에 의해 큰 변화를 겪게 된다. 바오로 5세는 좀 더 넓은 대성당을 원했고, 교황의 명을 받은 공사 책임자 마테르노는 대성당의 외관을 넓히는 공사를 1614년에 완공했다. 또 대성당의 정면 공사도 마무리하여 공사 시작 120년 만인 1626년 그 웅장한 모습을 드러냈다.

하지만 이것은 대성당의 외부만 완공된 것이지 내부까지 완성된 것은 아니었다. 대성당의 내부 공사는 1629년 마테르노가 죽고 난 뒤, 로렌초 베르니니에게 맡겨졌다. 베르니니는 대성당의 내부뿐 아니라 성 베드로 광장까지 설계한 인물이다.

베르니니는 1629년부터 1680년 죽기 전까지 50여 년 동안 대성당의 내부를 장식하는 데 평생을 바쳤다. 오늘날 성 베드로 대성당이 건축사에서 길이 남을 예술 작품이 된 데에는 대성당의 내부를 최고의 아름다운 공간으로 만든 베르니니의 공이 크다고 할 수 있다.

대성당에 들어가자마자 우측에 있는 미켈란젤로의 〈피에타 상〉이 사람들의 시선을 끌고 있었다. 많은 사람들이 피에타 상을 배경으로 사진을 찍느라 분주했다. 피에타는 이탈리아 말로 '슬픔, 비탄'을 뜻하는데, 미켈란젤로의 이 작품은 성모 마리아의 무릎에 놓인 예수 그리스도를 묘사한 것이다. 이 피에파 상은 미켈란젤로가 만든 피에타 상 중에서 처음 만든 것이며, 유일하게 그가 완성한 작품이며, 유일하게 자신의 이름을 새긴 작품이라고 한다.

피에타 상에서 사진 찍는 건 나중으로 미루고, 우선 대성당 내부 전체를 한 바퀴 둘러보았다. 대성당 안이 얼마나 큰지 여러 곳에 제단이 마련되어 있었다. 제단 중 압권은 역시 중앙 제단이다. 교황님이 미사를 드리는 제단이기도 하고, 이 제단 밑에 베드로 사도의 무덤이 있다.

한참을 둘러봐도 그 웅장함과 화려함에 입이 다물어지지 않았다. 아버지도 마찬가지인 것 같았다. 어떻게 이런 성당을 지

▲ 성 베드로 대성당 내부

었는지 도무지 믿어지지가 않았다. 아버지는 대성당 내부를 보고는 더 크게 감격한 것 같았다.

아버지와 나는 흥분한 마음으로 중앙 제단 앞으로 다가갔다. 그곳에서 성호를 긋고 잠시 묵상을 했다. 교황님이 미사를 드리는 중앙 제단 앞에 지금은 아버지와 내가 서 있다. 잠시 교황님이 미사 드리는 장면을 상상했다. 꿈은 이루어졌다.

아버지는 한참을 중앙 제단 앞에서 기도와 묵상의 시간을 가졌다. 언제나 가고 싶었던 장소, 텔레비전을 통해서만 보았던 그 장소, 교황님이 전 세계 신자들을 위해 미사를 드리는 장소, 바로 그 장소에서 아버지는 묵상을 하고 있었다.

아버지는 드디어 평생의 소원 한 가지를 이루었다. 교황님이 계신 바티칸의 성 베드로 대성당을 눈으로 확인했다. 가톨릭 신자라면 누구나 꿈꾸는 이곳, 일흔셋의 나이에 그 소원을 이룬 것이다. 아버지의 소원이 이루어지는 자리에 아들인 내가 함께 있다는 것이 행복했다.

대성당 안을 보고 밖으로 나왔지만 그 감동의 여운은 쉽게 가시질 않았다. 로마에 온 목적을 달성했으니 다른 유적지를 보지 않아도 서운할 것 같지 않았다. 그만큼 대성당의 감동은 컸다.

하지만 로마는 역사 도시답게 바티칸 외에도 볼 게 무궁무진하게 많았다. 대성당을 보고 난 뒤에는 로마 기원이 된 팔라티노 언덕을 시작으로 포로 로마노, 캄피돌리오 광장, 판테온 신전, 트레비 분수, 스페인 광장, 에마누엘레 2세 기념관, 콜로세움 등을 관광하는 일정이 남아 있었다.

이렇게 많은 곳을 걸어서 하루 만에, 정확히 말하면 반나절에 다 보아야 한다. 현실적으로는 불가능한 일정이다. 그래서 나온 방법이 미니 밴(일종의 승합차) 투어다. 미니 밴을 타고 주요 관광지만 잠깐 들렀다가 이동하는 방식이다. 물론 미니 밴 비용은 관광객들이 별도로 내야 한다. 여행사에서는 미니 밴 투어를 선택 관광이라는 이름으로 만들어 놓았는데, 이것은 앞뒤가 안 맞는 이야기다. 만약 미니 밴 투어를 선택하지 않는 관광객이 발생하면 반나절 만에 그 많은 로마의 관광지를 보는 것은 불가능했다. 당연히 미니 밴 투어는 선택이 아니라 필수가 되어야 한다.

어차피 여행은 돈을 아끼려고 온 게 아니다. 돈을 쓰려고 온 것이니 별도의 비용이 들더라도 효율적인 방법이 있으면 그렇게 해야 하는 것이 맞지만 미니 밴 투어를 선택 관광으로 만들어 놓은 여행사의 방식은 옳은 방법이 아니었다.

미니 밴을 타고 로마 시내를 관광하는 것은 시간적으로도 효율적이고, 무엇보다 체력적으로도 상당한 도움이 되는 방법이다. 특히, 아버지와 같은 연세가 많은 어른들에게는 안성맞춤이다. 별도의 비용이 아깝지 않았다.

팔라티노 언덕과 진실의 입

우리 일행은 미니 밴을 타고 로마 도시의 기원이 된 팔라티노 언덕을 찾았다. 언덕 앞에는 운동장 넓이보다 더 큰 빈 공터가 있었는데, 과거 대전차 경기장이 있었던 장소라고 한다. 팔라티노 언덕 유적지를 배경으로 사진 한 장을 찍고 다음 장소로 이동했다.

원래 팔라티노 언덕을 보고 난 뒤 우리 일행이 갈 장소는 '포로 로마노'였는데, 포로 로마노로 가기 전에 한 군데 장소를 더 들렀다. 이곳 역시 관광객들이 사진을 찍기 위해 항상 북적이는 장소다. 바로 '진실의 입'이 있는 '산타 마리아 인 코스메딘 성당'이다.

진실의 입은 얼굴 앞면을 새긴 대리석 가면을 말하는데, 거짓말을 한 사람이 입 안에 손을 집어넣으면 손이 잘린다는 전설을 간직하고 있다. 이 진실의 입이 유명하게 된 것은 1953년

◀ 진실의 입

에 제작된 영화 〈로마의 휴일〉 때문이다. 그레고리 펙과 오드리 헵번이 주연한 이 영화 덕분에 로마의 유적지는 많은 관심을 끌었다. 특히, 관심을 끈 장소가 바로 진실의 입과 트레비 분수, 스페인 계단 등이다.

진실의 입은 산타 마리아 인 코스메딘 성당 입구 벽면에 위치해 있다. 이 성당도 매우 오랜 역사를 지니고 있다. 6세기경 건축된 것으로 추정하고 있는데, 종탑이 매우 아름다운 성당이다. 대부분의 관광객은 이 성당에는 별 관심이 없고, 진실의 입을 보기 위하여 이곳을 찾는다.

진실의 입은 기원전 4세기경 제작된 것으로 추정할 뿐 정확한 기원은 알려져 있지 않다. 얼굴은 강의 신을 조각한 것이라고 한다. 과거 로마 시대에는 하수도 뚜껑으로 사용되었다는 이야기도 있지만 확실한 것은 아니다.

이 조각상이 진실과 거짓을 심판하는 진실의 입이라고 불리게 된 건 나중의 일이다. 예전에는 사람을 신문할 일이 생기면 진실의 입에 손을 넣고 서약을 했다고 한다. 만약 진실을 말하지 않으면 손을 잘릴 것을 서약한 데서 진실의 입이라는 이름이 붙여진 것으로 전해지고 있다.

영화 〈로마의 휴일〉은 오래 전에 보았기 때문에 세세하게 기억은 나지 않지만 진실의 입에서 주인공이 취한 포즈는 기억하고 있다. 영화 속의 주인공처럼 포즈를 취하고 사진을 찍었다. 나중에 꼭 아버지에게 영화를 보여드려야겠다. 영화를 본다면 아버지가 둘러본 로마의 많은 곳들이 다시 아버지 기억 속에서 되살아날 것이다.

포로 로마노와 캄피돌리오 광장, 코르도나타 계단

진실의 입에서 영화 속 주인공이 되어 본 우리 일행은 '포로 로마노'로 향했다. 포로 로마노는 '로마인의 광장'이라는 뜻인데, 글자 그대로 로마인들의 생활 중심지였던 곳이다. 우리나

▲ 포로 로마노

라의 광화문 광장 정도로 생각해 볼 수 있다.

과거 포로 로마노에는 원로원 건물, 신전, 개선문 등 여러 건물들이 있었는데, 4세기 말 이민족의 침입으로 대부분 훼손되었다. 현재 이곳은 폐허처럼 보이지만 계속해서 발굴 작업과 함께 복원 작업이 이루어지고 있다고 한다. 과거 로마 제국의 번성했던 모습을 엿볼 수 있는 최고의 장소로 꼽히고 있는 곳이다.

포로 로마노를 뒤로 하고 우리 일행은 다음 장소인 캄피돌리오 광장으로 이동했다. 캄피돌리오 광장과 이 광장을 오르는 계단은 모두 미켈란젤로의 작품이다. 그래서 더 유명세를 치르고 있다. 특히, 계단은 특별한 방법으로 만들었다고 알려져 있다.

캄피돌리오는 로마의 일곱 언덕 중 하나인데, '카피톨리노'라고도 부른다. 로마의 일곱 언덕 중에서는 가장 높은 언덕이다. 캄피돌리오 광장은 이 언덕 위에 있고, 이 광장에 가기 위해서는 높은 언덕을 올라가야 한다. 과거에는 이곳이 정치의 중심지였기 때문에 많은 외국 사절들이 교황을 알현하기 위해 이곳 언덕으로 올라왔다고 한다. 그러다 보니 말을 타고 올라갈 수 있는 완만한 경사가 필요했다. 실제로는 높은 경사이지만 완만한 경사처럼 보일 필요가 있었던 것이다. 미켈란젤로는 이 문제를 해결하기 위해 착시 효과를 이용했다.

계단은 밑에서 위로 올라갈수록 원근법에 의해 작게 보이고, 전체적으로 사다리꼴 모양으로 보인다. 그런데 미켈란젤로는 위로 올라갈수록 좌우 폭을 넓게 하여 계단이 높지 않은 것처럼 보이도록 했다. 이는 원근법을 역이용한 것인데, 일종의 착시 효과를 불러일으키도록 만든 것이다.(미켈란젤로의 이 계단을 '코르도나타 계단'이라고 부른다.)

이것이 끝이 아니다. 미켈란젤로는 착시 효과를 느끼게 하려고 한 가지를 더 만들어 놓았다. 캄피돌리오 광장 입구에는 말을 잡고 있는 쌍둥이 석상이 서 있다. 코르도나타 계단 아래에서 올려다보면 좌우에 서 있는 쌍둥이 석상이 보인다. 문제는 이 석상의 크기이다. 미켈란젤로는 이 석상을 일반적인 크기보다 두 배 이상 크게 만들어 놓았다. 계단 아래에서 이 석상을 봤을 때 가까이 있는 것처럼 보이도록 한 것이다.

코르도나타 계단은 실제로는 높은 계단이지만 높은 계단처럼 보이지 않고 쉽게 올라갈 수 있도록 설계한 미켈란젤로의 기발한 생각이 돋보이는 작품이다.

코르도나타 계단을 올라가면 미켈란젤로가 만든 캄피돌리오 광장이 나온다. 이 광장은 위에서 보면 계단까지 합쳐져서 마치 한 송이 꽃처럼 보인다고 한다.

코르도나타 계단에서 광장을 정면으로 바라보면 보이는 건물이 세나토리오 궁전이다. 현재는 시청사로 사용되고 있다.

▲ 캄피돌리오 광장. 중앙에 마르쿠스 아우렐리우스 기마상이 있고, 코르도나타 계단으로 내려가는 입구 좌우에 말을 잡고 있는 쌍둥이 석상이 보인다.

좌측 건물은 누오보 궁전이고, 우측 건물은 콘세르바토리 궁전인데, 현재 두 곳 모두 카피톨리노 박물관으로 사용되고 있다. 광장 중앙에 있는 기마상은 5현제 시대 마지막 황제인 마르쿠스 아우렐리우스 황제의 기마상이다. 그런데 광장에 있는 이 기마상은 복제품이고, 진품은 카피톨리노 박물관에 보관되어 있다. 2세기경 만들어진 이 기마상은 원래는 라테란 광장에 있었다. 미켈란젤로가 캄피돌리오 광장을 설계하면서 1538년 이곳으로 옮겨 놓은 것이다.

캄피돌리오 광장은 르네상스 시대 최고의 걸작이라는 찬사를 받고 있는 광장이다. 내가 전문가가 아니니 최고의 걸작인지는 잘 모르겠지만 광장 중앙에 서서 코르도나타 계단을 바라보고 있으니 이곳이 명당 자리라는 느낌은 들었다.

광장 구경을 마치고 다시 코르도나타 계단을 내려왔다. 계단 아래에서 위쪽을 올려다보았다. 가파른 계단이라는 생각은 들지 않았다. 미켈란젤로의 의도가 제대로 반영된 결과이리라.

캄피돌리오 광장과 코르도나타 계단을 보면서 미켈란젤로라는 인물에 대해 다시 한 번 생각해 보았다. 도대체 그의 능력은 어디까지일까? 성 베드로 대성당의 건축부터 시스티나 성당의 천장화와 제단화, 그리고 이곳 캄피돌리오 광장까지, 한 인물이 이처럼 위대한 일을 해낼 수 있단 말인가?

가장 큰 돔이 있는 판테온 신전

캄피돌리오 광장을 떠난 우리 일행은 다음 목적지인 '판테온 신전'으로 갔다. 그리스 어로 '판(Pan)'은 '모두'를, '테온(Theon)'은 '신'을 뜻한다. 그러니까 판테온 신전은 '모든 신을 위해 바친 신전'이라는 뜻이다. 테오도시우스 황제가 392년 기독교를 국교로 정하기 전까지 로마는 여러 신을 숭배하는 다신교의 나라였다. 판테온은 바로 로마 사람들이 숭배했던 여러 신들을 위해 지어진 건물이었던 셈이다.

특히, 판테온은 고대 로마 제국의 건축물 중 현재까지 가장 잘 보존된 건축물이다. 로마 제국의 건축물들은 이민족의 잦은 약탈과 화재, 지진으로 파괴된 경우가 많았다. 하지만 판테온은 거의 훼손된 부분 없이 지금까지 잘 보존되어 있다. 이렇게 판테온이 잘 보존되어 온 것은 7세기경부터 성당으로 사용되었기 때문이라고 한다.

원래 판테온은 기원전 27년~25년에 로마의 집정관이었던 아그리파에 의해 처음 세워졌다. 이때 세워진 판테온은 화재로 소실되었고, 지금의 판테온은 125년 하드리아누스 황제 때 새로 세워진 것이다.

판테온의 입구는 16개의 거대한 원기둥으로 이루어져 있고, 내부는 거대한 돔이 천장을 이루고 있다. 특별한 점은 돔의 지름과 천장 높이가 똑같이 43미터라는 것이다. 실제 중간 높이에서 아래로 반원을 그리면 정확하게 둥근 원을 상상할 수 있다고 한다. 내부에 창문은 전혀 없고, 오로지 돔 정상에 뚫린 9미터 크기의 구멍으로만 빛을 볼 수 있도록 만들어진 건물이다.

놀라운 것은 내부에 아무런 기둥 없이 지름 43미터의 돔을 만들었다는 사실이다. 지금도 판테온의 돔은 20세기 이전에

▲ 판테온 돔의 천장. 구멍의 크기는 지름 9미터이다.

세워진 콘크리트 돔으로서는 가장 규모가 큰 돔이다. 성 베드로 대성당의 돔보다는 1.5미터 크고, 피렌체 대성당의 돔보다도 1미터가 크다. 피렌체 대성당의 돔을 완성했던 건축가 브루넬레스키는 판테온의 돔에서 힌트를 얻어 피렌체 대성당의 돔을 완성했다고 한다.

7세기경부터 성당으로 사용된 판테온은 르네상스 시대에는 무덤으로 사용되었다. 화가이자 건축가였던 라파엘로가 이곳에 묻혔고, 이탈리아의 왕이었던 에마누엘레 2세와 움베르토 1세도 이곳에 묻혀 있다. 현재 판테온은 다시 가톨릭 성당으로 사용되고 있다.

판테온 신전 안으로 들어오니 커다란 공 안에 들어와 있는 느낌이다. 천장에 있는 구멍으로 뭔가 내려올 것만 같았다. 아버지는 이곳이 성당으로 사용되고 있다는 말을 듣자 곧바로 제단 앞으로 다가가 기도를 드렸다. 아버지에게 로마는 참 반가운 도시다. 어디를 가든 성당을 만날 수 있기 때문이다.

그러고 보니, 세계적인 돔 건축물을 모두 보았다. 가장 큰 판테온 돔을 보았고, 성 베드로 대성당의 돔과 피렌체 두오모 대성당의 돔도 이미 보았다. 이런 것도 작은 행운이라는 생각이 들었다.

로마 최고의 분수, 트레비 분수

판테온 신전을 보고 난 뒤 우리 일행은 트레비 분수로 향했다. 트레비 분수는 가장 많은 사람들이 방문하는 장소 중 하나다. 트레비는 '삼거리'라는 뜻인데, 분수 앞에 있는 광장이 세 갈래 길이 모이는 곳이라서 붙여진 이름이다. 우리말로 번역하면 삼거리 분수이다.

로마에는 크고 작은 분수들이 참 많은데, 그것은 로마가 일찍이 수도 시설을 잘 갖춘 도시였기 때문이다. 그 많은 로마의 분수들 중에서 단연 압권은 트레비 분수다. 트레비 분수는 로마 초대 황제인 아우구스투스 황제가 전쟁에서 돌아오는 병사들에게 물을 준 처녀의 전설을 분수로 만든 것이라고 알려져 있다.

당시에는 평범한 분수였는데, 1732년 교황 클레멘스 12세가 니콜라 살비에게 명하여 1762년 새롭게 완성하여 현재의 모습이 되었다.

분수 중앙에는 바다의 신 포세이돈이 조각되어 있고, 양쪽에는 포세이돈의 아들인 트리톤이 말을 잡고 있는 모습이 조각되어 있다. 분수 왼쪽에 트리톤이 잡고 있는 날뛰는 말은 풍랑 치는 바다를 상징하고, 오른쪽 말은 고요한 바다를 상징한다고 한다.

트레비 분수에는 재미있는 이야기가 전해져 오고 있다. 그 이야기 때문에 분수 안에는 엄청난 양의 동전이 쌓이고 있다. 분수를 뒤로 한 채 오른손에 동전을 들고 왼쪽 어깨 너머로 한 번 던지면 로마를 다시 찾고, 두 번 던지면 연인과의 소원이 이루어지고, 세 번 던지면 어려운 소원이 이루어진다고 한다. 이렇게 소원을 비는 사람들 때문에 트레비 분수는 항상 사람들로 북새통을 이룬다. 트레비 분수에서 한 해 평균 수거되는 동전의 양은 약 150만 유로(약 20억 원)라고 한다. 물론 이 돈은 모두 자선기금으로 사용되고 있다.

트레비 분수에 도착하니 예상한 대로 관광객들로 발 디딜

▲ 트레비 분수

틈이 없었다. 가이드는 이렇게 사람들이 많은 곳에는 소매치기들이 많다고 주의를 주었다. 소매치기 걱정도 해야 하고, 붐비는 사람들 틈에서 사진도 찍어야 하고, 동전도 던져야 한다. 관광을 하는 것인지, 사람들을 구경하는 것인지 분간할 수 없었다.

분수를 배경으로 사진 한 장은 찍을 수 있을지, 또 동전 한 번 던질 수 있을지 걱정이 되었다. 가까스로 두 가지 모두를 했다.(동전을 한 번 던지면 로마를 다시 찾는다고 했는데, 전해지는 이야기처럼 아버지와 나는 3년 후 다시 로마를 찾아올 수 있었다.

그때에도 이곳 트레비 분수를 방문했고, 동전은 던지지 않았다. 그래서인지 이후 로마를 방문한 일은 없었다.)

트레비 분수 근처에는 관광객들이 반드시 찾는 장소가 하나 있다. 바로 아이스크림 가게이다. 이탈리아 말로는 '젤라토'라고 하는데, 이는 '얼었다'라는 뜻이다. 이탈리아에서는 아이스크림 자체를 젤라토라고 하고, 영어권에서는 이탈리아식 아이스크림을 젤라토라고 부르고 있다.

가이드가 맛있다고 알려 준 젤라토 가게는 역시 사람들로 붐볐다. 주문조차 힘들었다. 가게 안에는 앉아서 먹을 자리도 없었다. 아이스크림을 별로 좋아하지 않은 탓인지 특별히 맛있다는 생각은 들지 않았다. 젤라토 맛은 다 거기서 거기 같았다. 트레비 분수에 와서 반드시 젤리토를 먹어야 하는 건 아니라고 생각했다.

영화 덕분에 유명해진 스페인 광장과 계단

트레비 분수 앞에서 젤라토를 먹고 난 뒤, 우리 일행은 다음 목적지인 스페인 광장으로 이동했다. 로마에 스페인 광장이 있다니 놀랄 수도 있는데, 광장뿐만 아니라 스페인 계단까지 있다.

스페인 광장과 계단 역시 영화 〈로마의 휴일〉 덕분에 유명세를 치르고 있는 장소이다. 영화에서 여주인공이었던 오드리 헵번이 이곳 계단에서 젤라토를 먹는 장면이 나온다. 이 장면 때문에 예전에는 많은 사람들이 이 계단에서 젤라토를 먹었다고 한다. 하지만 지금은 이곳 계단에서 젤라토는 먹을 수가 없다. 최근에는 계단에 앉는 것도 금지시켰다고 한다.

스페인 계단은 총 137계단과 3개의 테라스로 구성되어 있다. 원래 이름은 '트리니티 데이 몬티 계단'이었다. 이 계단은 17세기경 '트리니티 데이 몬티 성당(삼위일체 성당)'으로 가는 길을 잇기 위해 만들었다.

17세기 교황청 스페인 대사관이 이곳에 들어서면서 계단 앞 광장은 스페인 광장으로 불리게 되었고, 계단 역시 스페인 계단이라 불리게 되었다.

스페인 계단은 베르니니(성 베드로 대성당의 내부와 광장의 설계자)의 아버지인 피에트로가 설계한 것으로 알려져 있다. 계단 아래에 있는 '바르카치아 분수(난파선의 분수)' 역시 그의 작품이라고 한다. 예전 스페인 광장 쪽에 홍수가 났을 때 낡은 배 한 척이 흘러 들어온 적이 있었는데, 피에트로는 그 배를 보고 분수 모습을 설계했다고 한다.

스페인 계단에 앉아서(지금은 앉을 수도 없다고 하지만) 앞을 내려다보면 곧게 뻗은 '콘도티 거리'가 보인다. 이 거리는 로마 쇼핑의 하이라이트라고 한다. 이곳에는 다양한 명품 브랜드점들이 모여 있고, 스페인 광장, 계단과 함께 늘 많은 관광객들로 북적이는 장소이다.

스페인 계단은 영화를 모르는 사람들 입장에서는 특별한 장소라고 여기기 힘든 곳이다. 그 계단이 오래된 유적도 아니고, 건축 기법상 특별한 기술이 사용된 계단도 아니기 때문이다. 스페인 계단을 보면서 새삼 드라마나 영화의 힘이 대단하다고 생각했다. 그건 우리나라도 마찬가지다. 드라마나 영화에 나온 장소는 곧바로 관광지가 되어 사람들의 사랑을 받는다. 영

◀ 스페인 계단. 뒤에 보이는 건물이 트리니티 데이 몬티 성당이다.

화 〈로마의 휴일〉은 로마라는 도시를 더욱 사랑하게 만들어 놓았다.

방금 젤라토를 먹고 왔기 때문에 영화 속 여자 주인공이 한 것처럼 이곳 계단에서 젤라토를 먹을 수는 없었지만 사진 한 장은 제대로 찍었다. 아버지가 나중에 〈로마의 휴일〉을 본다면 이곳 또한 새롭게 볼 수 있을 것이다.

베네치아 광장과 에마누엘레 2세 기념관

스페인 계단에서 잠시 시간을 보낸 우리 일행은 미니 밴을 타고 로마의 중심지인 베네치아 광장으로 이동했다. 로마에 베네치아 광장이 있을 줄이야. 스페인 광장도 있는데, 베네치아 광장이 없겠는가.

베네치아 광장은 로마의 중심지에 위치해 있어서 로마의 배꼽이라고도 불리는 곳이다. 이곳은 교통의 요지이고, 로마의 많은 거리들이 집중되어 있기 때문에 가장 복잡한 곳 중 하나다.

베네치아 광장이라는 이름이 붙은 것은 광장 한쪽에 과거 베네치아 대사들이 묵었던 궁전이 있었기 때문이다. 베네치아 궁전은 이탈리아의 독재자 무솔리니가 집무실로 사용했었고,

제2차 세계대전 때는 군중을 상대로 연설을 하던 장소로도 유명한 곳이다. 현재는 박물관으로 사용되고 있다.

베네치아 광장에는 유명한 건축물이 하나 있다. '에마누엘레 2세 기념관'이 그것이다. 이 기념관은 1870년 이탈리아를 통일하고 초대 왕이 된 비토리오 에마누엘레 2세를 기념하기 위해 지은 건물이다. 1885년 공사를 시작하여 1911년에 완공했다. 로마에 있는 건축물 중에는 가장 역사가 짧은 건물이기도 하다. 이 기념관은 하얀 대리석으로 만든 아주 웅장한 건물이지만 당시에는 근처 캄피돌리오 언덕의 경관을 해친다는 이유로 비난을 받았다고 한다.

기념관 앞에 있는 기마상은 에마누엘레 2세의 기마상이다.

▲ 에마누엘레 2세 기념관

기마상 아래에는 일 년 내내 꺼지지 않는 성화가 있다. 이 성화는 제1차 세계대전 당시 전사한 무명용사를 위한 것이라고 한다. 기념관 내부에는 무명용사의 묘와 이탈리아의 통일과 관련된 자료들이 있고, 이탈리아 통일에 기여했던 가리발디, 카부르, 마치니 등의 유품도 있다.

여행 일정에는 기념관 내부 관람이 포함되지 않았다. 베네치아 광장 한복판에 서서 기념관을 배경으로 사진 한 장 찍는 것으로 만족해야 했다. 듣던 대로 많은 차들과 사람들이 다니고 있어서 사진 찍기도 쉽지 않았다.

이제 로마에서의 마지막 일정인 콜로세움 관람만 남았다. 콜로세움은 성 베드로 대성당, 시스티나 성당과 함께 내가 로마에서 가장 보고 싶었던 건축물이다.

로마의 랜드마크, 콜로세움

로마에서 가장 큰 경기장이었던 콜로세움의 원래 이름은 '플라비우스 원형 경기장'이다. 로마 제국 플라비우스 왕조의 베스파시아누스 황제 때 지어져서 플라비우스 원형 경기장이라는 이름이 붙은 것이다.

그런데 이 경기장이 콜로세움으로 불리게 된 데에는 두 가지 이야기가 전해지고 있다. 하나는 '거대하다'라는 뜻을 가진 라틴 어 '콜로살레'에서 유래되었다는 이야기이고, 다른 하나는 초기 로마 제국의 네로 황제가 세운 동상 '콜로소'에서 유래되었다는 것인데, 두 가지 다 확실한 것은 아니라고 한다.

콜로세움은 베스파시아누스 황제에 의해 72년에 공사를 시작하여 8년 후인 80년에 완공한 어마어마한 규모의 건축물이다. 전체 건물의 둘레가 527미터, 길이 188미터, 너비 156미터, 높이 48미터로 5만 명 이상이 들어갈 수 있었다고 한다.

콜로세움은 규모뿐만 아니라 예술적, 기술적 측면에서도 최고의 건축물이라는 평가를 받고 있다. 지금은 콜로세움이 많이 훼손되어서 그 당시의 정확한 모습을 확인할 수 없지만, 4층으로 이루어진 콜로세움은 각 층마다 양식을 달리하여 지어진 굉장히 아름다운 건축물이었다.

또 로마의 많은 건축물들이 지진으로 무너져 내렸지만 콜로세움은 지진에도 잘 견딜 수 있게 설계되어 오늘날까지 살아남을 수 있었다.

콜로세움은 주로 검투사들이 결투를 벌이는 장소였다. 검투사들은 이곳에서 사나운 짐승들과 싸움을 벌였고, 그로 인해 많은 사람들이 죽기도 했다. 또 이곳은 기독교를 박해할 때에는 기독교 신자들을 학살하는 장소로도 사용되었다. 또 특별한 날에는 경기장에 물을 채우고 배를 띄워 해전(바다에서의 전투)도 연출했다고 한다.

콜로세움은 그 규모의 웅장함과 아름다움과는 달리 수많은 짐승들과 검투사, 그리고 기독교 신자들이 죽은 피의 장소이자, 영광과 슬픔, 아픔의 장소이기도 한 건물이다.

콜로세움 옆에는 로마에서 가장 큰 개선문이 세워져 있다. 콘스탄티누스 대제 개선문이다. 기독교를 공인한 콘스탄티누스 대제가 전쟁의 승리를 기념하기 위해 315년에 건립했다. 개선문의 높이는 28미터이고, 너비는 25미터이다. 로마를 정

▲ 콘스탄티누스 대제 개선문과 콜로세움

복하러 왔던 나폴레옹은 이 개선문을 보고 깊은 인상을 받아 파리로 가져가려고 했다. 하지만 그것은 불가능했고, 이 개선문을 본떠 파리에 개선문을 세웠다고 한다.

콜로세움 앞에 서니 직접 눈으로 보는 것이 얼마나 중요한 것인지 새삼 깨달았다. 사진으로 보았을 때는 잘 몰랐는데, 콜로세움 밑에 서서 위를 올려다보니 그 웅장함이 느껴졌다. 그 옛날 어떻게 이런 웅장하면서도 화려한 건물을 지었는지 믿어지지 않았다.

사실, 콜로세움의 또 다른 매력은 그 내부 구조에 있다. 안에 물을 채워 배를 띄웠다고 하니 얼마나 놀라운 상상력과 기술의 조합이란 말인가.

아버지는 오늘 로마를 관광함으로써 하나의 소원을 이루었다. 다른 곳은 몰라도 성 베드로 대성당의 감동은 평생 잊지 못할 것이다.

호텔로 가는 길에 맥주 몇 병을 샀다. 한국에서 가져 간 소주는 어제 다 먹어 버렸다. 특히, 오늘은 술 한 잔 안 하고 잠자기 어려운 날이다. 아버지의 소원이 이루어진 날이기 때문이다.

호텔 방에서 맥주 한 잔으로 아버지의 소원 성취를 기념했다. 성 베드로 대성당을 보는 건 아버지의 소원이었지만 내게도 큰 감동이었다. 아버지 신앙심에는 미치지 못하지만 나도 가톨릭 신자로서 바티칸을 방문하는 건 작은 소망이었기 때문이다. 두 사람 모두 오늘 소망을 이룬 셈이다.

아버지와 맥주 한 잔을 하면서 오늘 낮에 보았던 대성당을 다시 떠올려 보았다. 일찍이 이런 성당은 본 적이 없었다. 대성당의 모든 것이 가슴에 들어와 깊이 박혔다. 오늘은 아버지나 나나 쉽게 잠이 올 것 같지 않았다. 잠이 오지 않아도 상관없었다. 이 감동의 여운을 계속 느끼고 싶으니까.

나는 로마 전체가 너무 좋았다. 성 베드로 대성당은 물론이고, 콜로세움과 판테온, 포로 로마노, 트레비 분수, 캄피돌리오 광장 등 교과서에서나 보았던 걸작들을 보았으니 그 감동은 말로 표현할 길이 없었다.

나중에 기회가 된다면 일주일 정도 시간을 내서 로마의 구석구석을 조용히 다녔으면 좋겠다는 생각을 했다. 시간과 여건 상 확실히 보아야 할 것과 여유롭게 누려야 할 것들을 누리지 못했기 때문이다.

이제 전체 여행 일정 중 반 정도를 마쳤다. 원래 목적이었던 로마를 보았으니 다른 곳은 덤이라고 생각해도 좋을 것 같았다. 그럼, 좀 여유가 생기겠지.

로마 이야기

로마는 현재 이탈리아의 수도이지만 과거에는 엄청난 번영을 누렸던 나라요, 한때 대제국을 건설했던 나라의 이름이다.

로마가 얼마나 대단한 나라였는지는 다음과 같은 문구만 보아도 쉽게 짐작할 수 있다. '로마는 하루아침에 이루어지지 않았다.', '모든 길은 로마로 통한다.', '로마에 가면 로마법을 따라야 한다.' 등 우리가 익히 들었던 이런 문구들이 과거 로마의 영광을 짐작케 한다.

신화에 의하면 로마는 기원전 753년 전쟁의 신이라고 불리는 마르스의 쌍둥이 아들이 건설한 도시이다. 쌍둥이 형제였던 로물루스와 레무스는 지금의 테베레 강가의 일곱 언덕 중 하나였던 팔라티노 언덕에 도시를 건설했다. 그런데, 두 형제 간 싸움이 일어나 레무스는 로물루스에게 죽임을 당하고, 로물루수가 로마 건국의 시조로 이름을 올리게 되었다. 로마라는 이름 역시 로물루스의 이름에서 유래된 것이다.

로마가 처음 대제국을 건설한 시기는 기원전 3세기경이다. 이 시기 이탈리아 반도 전체를 장악했고, 동쪽으로는 터키를 비롯하여 중동 지역까지, 서쪽으로는 영국, 남쪽으로는 아프리카, 북쪽으로는 북유럽 지역 대부분을 정복하여 대제국을 이루었다.

로마는 기원전 27년 또 한 번의 새로운 변화를 겪게 된다. 아우구스투스가 로마의 초대 황제가 된 것이다. 로마는 아우구스투스 이전에는 공화정 체제였다. 아우구스투스는 41년 동안 황제의 자리에 있으면서 로마의 평화 시대를 이끌었다.

로마는 아우구스투스 사후 약간의 혼돈 시기를 겪다가 96년부터 시작된 5현제 시대에 최고의 전성기를 누렸다. 5현제는 로마 제국 전성기를 연 5명의 황제를 일컫는 말인데, 이들 5명의 황제는 약 80여 년 동안 로마를 세계 최고의 나라로 이끌었다. 특징적인 건 이들 5명의 황제는 모두 자식들에게 황제의 자리를 물려주지 않고, 가장 능력이 있는 자에게 황제 자리를 넘겨주었다. 황제가 될 자격이 있는 사람에게 그 자리를 넘겨주었으니 로마가 번영한 것은 당연한 일이었을 것이다.

해가 지지 않을 것 같았던 로마도 330년 콘스탄티누스 황제가 수도를 로마에서 비잔티움(과거 이름은 콘스탄티노플, 현재 터키의 이스탄불)으로 옮기면서 쇠퇴의 길을 걷기 시작했다. 콘스탄티누스 황제는 기독교를 공인한 황제로 유명하다. 콘스탄티누스 황제 이전 기독교인들은 엄청난 박해를 받았다. 기독교는 이후 테오도시우스 황제 때인 392년 로마 제국의 국교가 되었다. 이 시기 가톨릭이라는 이름이 처음 문서에 등장했다고 한다.

로마 제국은 395년 동·서로 분리되었고, 서로마 제국은 476년 게르만 족의 용병 대장이었던 오도아케르에게 멸망 당하고 말았다.(현재의 이스탄불로 수도를 정한 동로마 제국은 서로마 제국이 멸망하고 나서도 약 천 년 동안이나 로마 제국의 영광을 이어갔다. 동로마 제국은 1453년 오스만 제국에게 멸망 당했다.)

이후 로마는 게르만 족의 지배를 거쳐 프랑크 왕국의 지배를 받았다. 게르만 족은 오늘날 유럽의 많은 나라와 미국, 캐나다, 호주, 뉴질랜드 사람들의 조상이 되는 민족이다. 프랑크 왕국 또한 게르만 족의 한 종족이 세운 나라이다.

프랑크 왕국은 8세기 후반에 서유럽 지역 전체를 지배했고, 이 시기 유럽 지역에 기독교도 전파했다. 오늘날 유럽 근대 국가의 조상은 이들 프랑크 족인 셈이다. 특히, 프랑스의 기원은 이 종족의 이름에서 유래되었다고 한다.

로마가 다시 한 번 번영을 누리게 된 것은 르네상스 시대(14세기~16세기)이다. 로마는 중세 시대(5세기~15세기) 이후 절대적 권력을 누렸던 교황이 거처하는 곳이었기 때문에 교황의 영향력으로 번영을 누릴 수 있었다.

특히, 교황 니콜라오 5세는(재위: 1447년~1455년)는 로마의 번영을 위해 많은 일을 한 인물이다. 그는 많은 성당을 건립하고, 다리와 도로 등도 새롭게 정비하여 로마를 신앙의 중심지로 만들려고 했다. 교황의 이런 열정 덕분에 당시 많은 건축가들과 예술가들이 로마에서 활동하며 르네상스의 꽃을 피울 수 있게 되었다. 미켈란젤로, 라파엘로, 브라만테 등이 이 시기에 활동한 인물이다.

교황 식스투스 5세(재위: 1585년~1590년)는 로마의 도시 형태를 근대화한 인물이다. 현재 로마의 도시 형태는 교황 식스투스 5세가 기초를 잡은 것이라고 한다. 그래서 그를 도시 계획의 아버지라고 부르기도 한다. 그는 로마를 중세 도시의 모습에서 근대 도시의 모습으로 바꾸었고, 성 베드로 대성당의 완성과 바티칸 궁전, 도로 정비 등 로마의 재건 사업에 심혈을 기울였다.

로마는 18세기까지 교황의 지배 아래 비교적 평화로운 시대를 살았다. 그러다가 1797년 나폴레옹이 로마를 침략한 이후 한동안 어수선한 혼돈의 시간을 보냈다. 특히, 1861년 성립된 이탈리아 왕국은 교황의 지배권이 강한 로마를 제외한 이탈리아 반도를 통일했다. 1870년 교황을 지키던 프랑스 군대가 철수하자 이탈리아 왕국은 로마를 점령했고, 국민투표에 의해 이탈리아의 수도로 삼았다.

그러자 교황은 스스로를 바티칸에 갇힌 죄수라고 하면서 이탈리아 왕국과 힘겨루기를 하며 버텼다. 이런 상황은 한동안 계속되다가 1929년 교황 피우스 11세와 무솔리니(당시 이탈리아의 독재자) 사이에 '라테라노 조약'이 체결되면서 해결되었다.

조약의 핵심 내용은 로마 내 바티칸 시에 대한 교황의 주권을 인정한다는 것이다. 이 조약으로 오늘날 바티칸시국이라는 나라는 로마라는 도시 안에 있는 세계에서 가장 작은 나라가 되었다.

지옥과 천당은
늘 가까이 있다

– 이탈리아 폼페이, 소렌토, 나폴리에서

오늘은 다른 날보다 좀 더 일찍 서둘러야 하는 일정이다. 지금까지는 하루 한 도시를 관광하는 일정이었는데, 오늘은 세 곳을 하루 만에 다 돌아봐야 한다. 호텔에서 아침을 먹고 폼페이로 이동했다. 날씨는 화창했다. 여행 와서 이런 날씨는 처음이다. 며칠 동안 비가 내려서 구경하는 데 애를 먹었는데, 오늘은 행복한 하루가 될 것 같았다.

로마에서 폼페이까지는 버스로 3시간 정도 걸린다. 폼페이는 화산 폭발로 전체 도시가 묻혀 버린 곳이다. 우리나라처럼 화산이 없는 곳에 살면 화산으로 도시 전체가 묻혀 버릴 수 있다는 것을 상상하기는 어렵다.

화산재에 묻혀 버린 도시, 폼페이

폼페이는 나폴리에서 남서쪽으로 23킬로미터 떨어진 베수비오 산 근처에 위치해 있다. 79년 베수비오 화산이 폭발할 때 도시 전체가 매몰되었다.

폼페이는 기원전 80년부터 로마의 지배를 받은 도시다. 베수비오 화산의 폭발 징조는 이미 62년경에 일어났는데, 그 무렵 다른 인근의 도시들은 피해를 입었지만 폼페이는 아무런 피해를 입지 않았다. 그래서 사람들이 더 안심하고 있었던 것인지도 모른다.

폼페이는 로마의 귀족들이 휴식을 위해 별장 등을 많이 지었던 곳이기도 하다. 겨울에도 화산의 열 덕분에 춥지 않았기 때문이다. 79년 화산이 폭발했을 때 폼페이 주민들은 아무런 준비도 하지 않은 상태였고, 그런 까닭에 1만5천여 명 이상의 시민들이 약 7미터의 화산재에 파묻혀 흔적도 없이 사라졌다.

폼페이 유적에 대한 본격적인 발굴 작업은 1748년경에 이루어졌고, 현재 발굴 작업은 거의 완료된 상태라고 한다. 폼페이 유적은 오랫동안 화산재 밑에 묻혀 있었기 때문에 그 원형이 그대로 보존되어 있다. 그렇기 때문에 당시 로마의 정치, 경제, 사회, 문화에 대한 많은 정보를 얻을 수 있어 역사적으로도 매우 가치가 높다고 한다.

▲ 폼페이 유적지

도대체 얼마나 큰 화산 폭발이 있었기에 이렇게 큰 도시가 화산재에 묻혀 버릴 수 있을까? 도무지 상상이 되지 않았다. 가끔 영화에서 화산재가 도시를 덮는 장면은 보았지만 그건 영화에서나 가능한 일인 줄 알았지, 현실에서 가능하리라고는 전혀 생각하지 못했다.

아버지와 함께 2천여 년 전 도시의 모습을 살펴보았다. 2천여 년 전 도시의 모습을 이렇게 생생하게 볼 수 있다니 정말 놀라울 따름이다. 로마 제국은 확실히 가장 문명이 발달한 도시였다. 폼페이 유적으로 그걸 확인할 수 있었다.

폼페이 이곳저곳을 걸으면서 2천여 년 전 화산 폭발 당시를 상상해 보았다. 나는 전쟁을 경험해 보지 않았지만 아마도 전쟁과 같은 상황이었을 것이다.

분명 일부 사람들은 화산 폭발을 예견했을지도 모른다. 그 사람들은 화산 폭발 전에 도시를 빠져 나가서 목숨을 건졌을 것이다. 실제로 그렇게 살아남은 사람들은 자신의 고향인 폼페이에 대해서는 침묵을 지켰다고 한다. 그건 저주 받은 도시라는 것을 알리고 싶지 않았기 때문이란다. 아마도 성경에 나오는 소돔과 고모라를 생각한 탓이리라.

소돔과 고모라는 아브라함 시대에 등장하는 도시이다. 두 도시의 위치는 현재 이스라엘 사해 남쪽 부근으로 추정하고 있다. 이곳은 아브라함의 조카인 롯이 분가하여 정착했던 지역인데, 물이 넉넉하고 비옥했던 곳이다.

구약성경 속의 소돔과 고모라는 극도로 타락한 도시로 나온다. 이 도시들이 타락하게 된 것은 음란한 행동이 넘쳐 났고, 교만했으며, 가난한 사람들을 돕지 않고 사치와 향락에 빠졌기 때문이다.

하느님의 말씀을 실천하지 않았던 두 도시는 하느님께서 내린 유황불로 심판을 받아 멸망했다. 그래서 소돔과 고모라는 하느님의 말씀을 거역하는 자들에게 경고하기 위해 상징적으로 사용되고, 타락한 민족들을 묘사할 때 항상 언급되는 도시이다.

당시 폼페이가 성경 속의 소돔과 고모라처럼 얼마나 타락한 도시였는지는 잘 모르겠다. 사람들이 그런 생각을 했다는 것은 당시 폼페이가 어느 정도 교만함과 사치가 있었다는 증거이기도 하다. 종교가 있는 사람들은 하느님의 저주로, 그렇지 않은 사람은 자연 현상으로 생각할 것이다.

∶아름다운 휴양 도시, 소렌토

폼페이 구경을 마치고 우리 일행이 향한 곳은 휴양 도시로 유명한 소렌토다. 소렌토는 폼페이에서 남쪽으로 이동하면 나오는 지중해 바닷가의 절벽 위에 세워진 도시다. 소렌토는 특별한 유적지가 있는 곳은 아니고, 아름다운 해안 전망을 볼 수 있어서 많은 관광객들이 찾는 장소이다.

소렌토는 제2차 세계대전 때에 폭격을 당하지 않아서 예전 모습이 잘 보존되어 있다. 인근의 다른 도시들은 폭격을 당해 많이 파손되었다고 한다. 소렌토는 오래 전부터 기후 조건이 좋고, 경치가 아름답기 때문에 휴양지로 인기가 많은 곳이다. 포도주, 올리브유, 감귤로도 유명한 도시다.

우리 일행은 폼페이 역에서 기차를 타고 소렌토로 이동했다. 폼페이 역은 우리나라 시골의 작은 간이역 같은 곳이다.

▲ 소렌토의 풍경

기차를 타고 약 30분 정도 가면 아름다운 해안 도시 소렌토가 나온다.

소렌토는 작은 도시여서 빠르게 구경하면 한두 시간 안에 도시 전체를 구경할 수 있다. 자유 시간을 조금 주어서 아버지와 함께 시내를 구경했다. 시내에는 기념품이나 물건을 파는 상점과 식당이 대부분이다. 특별히 살 물건이 있는 것도 아니라서 소렌토임을 알 수 있는 사진 촬영 장소에서 기념 사진을 찍고 항구 쪽으로 이동했다. 절벽 위에 세워진 도시라서 항구 쪽에서 보면 소렌토의 진면목이 드러난다.

우리 일행이 항구로 향한 데는 다른 이유도 있다. 카프리 섬을 가기 위해서다. 카프리 섬은 나에게 아련한 추억이 있는 섬이다. 그렇다고 내가 예전에 카프리 섬을 와 보아서 추억이 생긴 건 아니다. 내가 추억을 이야기한 건 영화 때문이다.

고등학교 다닐 때 야간 자율 학습을 빠지고 친구들과 몰래 본 영화가 그 유명한 영화 〈카프리의 깊은 밤〉이었다. 지금 생각해 보면 당시로서는 상당히 모험을 해서 본 영화였다. 미성년자 관람불가 영화였기 때문이다.

지금 영화 내용은 하나도 기억나지 않는다. 제목만 강하게 기억에 남아 있을 뿐인데, 카프리 섬을 간다고 하니까 문득 그 영화 제목이 생각난 것이다. 그때는 이 영화의 감독이 그렇게 유명한 성인 영화 감독인지도 몰랐다. 나중에 들은 얘기지만 영화에는 카프리의 빼어난 풍광은 별로 나오지 않고, 남녀의 에로틱한 장면만 많이 나온다고 한다.(영화를 다시 한 번 봐야 할 것 같다. 물론 카프리 섬의 풍광이 얼마나 많이 나오는지 확인하기 위해서다. 그런데, 영화 자료를 찾다가 전혀 예상하지 못한 사실 하나를 발견했다. 이 영화가 우리나라에서 개봉한 때는 1989년도이다. 나는 이미 그때 고등학교를 졸업했다. 그렇다면 내가 고등학교 시절 자율학습을 빠지고 본 영화는 다른 영화라는 이야기다. 인간의 기억이란 늘 이렇다. 그럼, 그때 본 영화는 어떤 영화였을까? 무척 궁금해진다.)

아무튼 카프리 섬의 풍광 하나만은 끝내준다고 하는데, 그 카프리 섬을 간다고 하니 마음도 조금 설렜다.

카프리 섬은 나폴리 주변에 있는 섬들 중에는 가장 아름다운 섬이라고 한다. 예로부터 온난한 기후와 아름다운 풍광을 가진 휴양지로 유명한 곳이다. 하얀 집들과 파란 하늘, 그리고 하늘보다 더 푸른 바다가 어우러져 환상적인 풍경을 자랑하는 곳이다.

고대 로마의 아우구스투스 황제와 티베리우스 황제도 이 섬에 매료되어 이곳에 별장을 짓고 여생을 보냈다. 지금도 카프리 섬에는 세계적으로 유명한 부호들이 별장을 소유하고 있다.

소렌토를 출발한 배는 30분 정도 후에 카프리 섬에 도착했다. 카프리 섬의 최고 경치를 보려면 섬 정상으로 올라가야 한다. 섬 정상으로 가려면 버스와 리프트를 번갈아 이용하면 된다. 먼저 버스를 타고 섬 중턱에 있는 리프트 승강장으로 간 다음, 거기서 리프트를 타고 정상으로 올라가야 한다.

심장이 약한 사람이나 고소 공포증이 있는 사람들은 카프리 섬 정상에 가는 것을 재고해 보아야 한다. 버스를 타고 섬 중턱까지 올라가는 일도 쉬운 일은 아니다. 버스는 절벽 위 도로를 곡예 하듯이 올라가기 때문이다. 물론 버스 기사의 운전 실력을 칭찬해야 하겠지만 정말로 아찔한 모습을 버스에서 내릴 때가지 경험해야 한다. 특히, 버스가 커브를 돌 때에는 몸이 절벽 아래로 떨어지는 느낌을 받는다.

버스에서 내려 한숨을 돌리고 나면 이제는 더 위험한 경험을 해야 한다. 밀폐된 케이블카라면 조금 안심이 되겠지만 여기서는 1인용 리프트를 타야 한다. 사방이 탁 트여 있고, 혼자 타야 해서 무서움은 배가 된다.

아버지도 1인용 리프트는 조금 겁이 난다고 했다. 태어나서 이런 리프트는 처음 타는 것이니 약간의 두려움이 생기는 건 당연했다. 그렇다고 아들 앞에서 약한 모습을 보일 수도 없었을 것이다.

아버지를 안심시키기 위해 내가 먼저 리프트를 탔다. 또 내가 먼저 타야 뒤에 오는 아버지 모습을 사진으로 남길 수 있었다. 1인용 리프트를 타고 몸을 뒤로 돌려 사진 찍는 행동도 상당히 위험한 행동이지만 아버지를 위해 이 정도의 위험은 감수해야 하지 않겠는가?

버스를 타고 올라오면서 본 창밖 풍경도 말로 표현할 수 없을 정도로 아름다웠는데, 리프트를 타고 올라가면서 보는 풍광 역시 감탄이 절로 나왔다. 리프트를 타고 올라오는 아버지 모습을 사진에 담고, 주변 풍광은 동영상 촬영으로 담았다.

드디어 카프리 섬 정상에 도착했다. 섬 정상에서 보는 주변 풍광은 그야말로 압권이었다. 구름도 우리보다 아래에 떠 있어서 마치 하늘나라에 온 듯한 느낌이었다. 인생 사진을 한 장

▲ 카프리 섬 정상에서 바라본 풍경

찍어야 할 것 같았다. 아버지를 이곳저곳에 서게 한 다음 많은 사진을 찍었다. 덕분에 인생 사진이라고 할 만한 것을 한 장 얻었다. 아버지는 어떻게 생각할지 모르겠지만 내가 보기에는 가장 멋진 아버지 모습이었다.

아버지와 함께 정상을 한 바퀴 둘러보았다. 구름과 하늘과 바다와 산이 어우러져 눈에 보이는 모습은 실물이 아닌 것만 같았다. 인간이 사는 세상에 이런 아름다운 모습이 있다니 믿어지지가 않았다. 카프리 섬 정상에서 아버지와 함께 한참을 서서 그 아름다운 풍광을 만끽했다. 여행의 즐거움과 행복을 여기에서 다시 한 번 느꼈다. 소중하고 감사한 시간이다.

아름다운 풍광을 본 후 다시 한 번 아찔한 경험(리프트와 버스)을 한 후 무사히 카프리 섬 선착장으로 돌아왔다. 다음 일정은 세계 3대 미항이라고 불리는 나폴리 관광이다. 관광이라기보다는 항구를 잠깐 둘러보는 것이다. 오늘 잠은 다시 로마에 가서 자야 하기 때문에 나폴리에서의 시간은 별로 없었다.

세계 3대 미항의 도시, 나폴리

나폴리는 호주의 시드니, 브라질의 리우데자네이루와 함께 세계 3대 미항 중 하나다. 글자 그대로 아름다운 항구라는 뜻이다. 호주의 시드니는 얼마 전에 가보았는데, 정말 소문대로 아름다운 항구 도시였다. 리우데자네이루는 가보지 않아서 얼마나 아름다운 항구인지 확인해 보지 못했다. 세계 3대 미항 중 두 번째 항구를 볼 수 있는 기회가 왔다.

나폴리는 이탈리아에서 세 번째로 큰 도시이면서 이탈리아 남부 지방의 중심 도시이다. 나폴리는 기원전 6세기경 그리스인들이 건설한 도시로 알려져 있다. 나폴리라는 이름은 '새로운 도시'라는 뜻을 지니고 있다.

나폴리는 예로부터 천혜의 자연 환경을 갖추고 있었기 때문에 이민족의 침입이 끊이지 않았다. 기원전 4세기경에는 로마가, 로마 제국 멸망 후에는 여러 민족들이 이 도시를 차지했고, 15세기경에는 스페인의 지배에 들어갔다. 19세기에 나폴레옹의 침략으로 프랑스의 지배를 받다가 1861년 이탈리아 왕국이 성립되면서 이탈리아의 도시가 되었다.

나폴리를 본 첫 느낌은 실망이었다. 어떻게 이런 곳을 3대 미항이라고 부르는지 조금 이해가 되지 않았다. 예전에는 미항이었겠지만 지금은 미항이라고 부르기에 적절하지 않았다. 나폴리에 계신 분들에게는 서운한 소리일 수도 있겠지만 어쨌든 내가 본 느낌이니 어쩔 수 없다. 도시는 쓰레기가 많아 지저분했고, 거리에는 노숙자들도 많이 보였다.

나중에 들은 소리인데, 나폴리는 남부의 여러 지방에 있던 빈민들이 몰려들면서 사회 문제를 겪고 있다고 한다. 또 다른 문제는 마피아 활동의 근거지가 되면서 치안 상태도 좋지 않다고 한다.

나폴리에 대한 인상이 너무 좋지 않아서 많은 실망을 했다. 차라리 나폴리보다는 인근의 소렌토나 카프리 섬 방면이 미항이라는 소리를 듣기에 더 적합한 것 같았다.

나폴리를 끝으로 이탈리아 남부 지방의 관광은 모두 끝났다. 우리 일행은 다시 로마로 향했다. 나폴리에서 로마까지는 버스로 2시간 30분가량 걸린다. 오늘은 로마에서 잠을 자고,

내일 아침에는 '피사의 사탑'이 유명한 피사로 이동해야 한다.

오늘은 많은 곳을 구경했다. 폼페이를 시작으로, 소렌토, 카프리 섬, 나폴리까지 많은 일정을 하루 만에 모두 소화했다. 몸은 조금 피곤했지만 아름다운 풍광을 봐서 그런지 기분은 정말 상쾌했다.

절망에서 희망을 꿈꾸다

– 이탈리아 피사에서

여행은 어느덧 8일차로 접어들었다. 대략 3분의 2를 마쳤다. 오늘은 피사와 밀라노를 관광하는 일정이다. 로마에서 피사까지는 버스로 4시간 정도 걸린다. 피사를 방문하는 목적은 오로지 '피사의 사탑'을 구경하기 위해서다. '사탑'은 '한쪽으로 비스듬히 기울어진 탑'이라는 의미이다.

피사는 1세기경 무역으로 번성했던 해운 강국이었다. 베네치아나 제노바와 패권을 다투기도 했지만 15세기 초에는 피렌체 인들에게 정복당했다. 16세기 이후 도시는 쇠락하기 시작했고, 제2차 세계대전 때에는 도시의 많은 부분이 파괴되었다. 지금은 토스카나 지방의 한 도시로서 그 명맥을 유지하고 있을 뿐이다. 다행스러운 건 피사의 사탑을 보기 위해 많은 관광객들의 발길이 피사를 찾고 있다는 점이다.

피사 최고의 스타, 피사의 사탑

피사에서 가장 유명한 피사의 사탑은 피사의 두오모 광장에 있는 흰 대리석 종탑이다. 이 탑은 독립된 것이 아니라 원래 피사 두오모 대성당에 부속된 종탑으로 건립된 것이다. 하지만 지금은 두오모 대성당보다 훨씬 더 유명한 건축물이 되었다.

피사의 사탑은 흰 대리석으로 된 둥근 원통형 8층 석탑인데, 높이는 58미터에 이르고, 무게는 1만4천 톤 정도로 추정하고 있다. 현재 기울기는 중심축으로부터 약 5.5도 기울어져 있다. 사탑 안에는 294개의 계단이 있어 탑 꼭대기까지 올라갈 수 있다. 이렇게 많이 기울어져 있는데도 무너지지 않아 한때 세계 7대 불가사의에 선정되기도 했다.

두오모 대성당과 종탑(피사의 사탑)은 당시 해운 강국으로 번영하던 피사가 사라센 제국과의 전쟁에서 승리한 것을 기념하기 위해 건립한 것이다. 종탑은 1173년 건축가 보난노 피사노에 의해 착공되었다. 그런데 약 10미터 정도 높이에 이르렀을 때 한쪽 지반이 내려앉아 공사를 중단하게 되었다. 2차 공사에서 기우는 문제를 수정하여 다시 공사를 재개했지만 기우는 현상은 계속 되었다.

몇 차례의 공사 중단을 반복하다가 종탑은 기울어진 상태로 1350년경 완공할 수 있었다. 하지만 완공된 뒤에도 사탑은 매년 조금씩 기울어졌다. 조금씩 기울어진 탑의 기울기가 1990년 한계치에 도달하자 이탈리아 정부는 대대적인 보수 공사를 진행했다. 약 11년 동안의 보강 공사 덕분에 탑은 약 40센티미터 정도 돌아왔다고 한다.

피사의 사탑이 기울어진 이유는 지반 문제도 있지만 탑 꼭대기에 있는 종 때문이라는 이야기도 있다. 이 종의 무게는 총

▲ 두오모 성당과 피사의 사탑

6톤이나 되는데, 현재는 절대 움직이지 못하도록 고정시켜 놓았다고 한다.

피사의 사탑은 보강 공사가 완료된 뒤에는 관광객의 출입도 제한시켰다. 지금은 사탑 안에 들어가려면 미리 예약해야 하고, 가이드를 따라 이동해야 한다.

피사의 사탑을 종탑으로 가지고 있는 두오모 대성당은 이탈리아에서 가장 오래된 성당이라고 한다. 피사 두오모 대성당은 1063년 착공해 50년 동안의 공사 끝에 완공한 성당이다. 정면의 4단 기둥과 청동 문이 이름답기로 유명하다. 피사의 사탑이 워낙 유명하여 대성당의 존재감이 약해졌지만 바로 옆에 있는 세례당과 함께 이곳은 1987년 유네스코 세계 문화유산으로 지정되었다.

피사에 오는 버스 안에서 가이드로부터 주의 사항을 한 가지 들었다. 그건 피사에 집시들이 많다는 것이다. 집시들이 많이 살고 있다는 게 왜 주의 사항이 되느냐고 의아해 하겠지만 이들 집시들이 대부분 소매치기를 잘 한다는 게 문제였다.

피사의 집시들은 관광객들이 오면 스스럼없이 옆에 바짝 붙어 말을 건네면서 가방이나 주머니 속 물건을 훔친다고 한다. 가이드는 집시들이 옆에 붙으면 바로 싫은 내색을 하면서 뿌리치라고 일러주었다. 또 일행에서 떨어져서 혼자 걸어가지 말라고 주의를 주었다.

여러 번 해외여행을 다녔지만 집시들에 대해 주의 사항을 들은 건 처음이었다. 그만큼 피사의 집시들은 뻔뻔하고 대범하다고 한다. 심지어 관광객 물건을 훔치다가 걸려도 아무렇지도 않은 척 한단다. 그러니 집시들이 오면 처음부터 뿌리치는 게 가장 좋은 방법이고, 일행에서 떨어지지 않는 게 최선이다.

집시는 인도 북부 지역에서 기원한 코카서스 인종의 유랑 집단을 말한다. 집시라는 단어는 역사적으로 비하하는 투로 자주 쓰이는 명칭인데, 원래는 '롬인'이라고 부른다. 하지만 지금은 보통 집시라고 부르는 게 일반적이다.

집시들은 유럽을 중심으로 전 세계에 퍼져 있는데, 조련사나 가축 중개인, 자동차 정비, 서커스 단원 등의 일을 하면서 떠돌이 생활을 해 왔다. 이들 집시들은 과거 한 지역의 민중 문화를 다른 지역으로 전파시키는 데 중요한 역할도 했다. 제2차 세계대전 때는 유대인들처럼 수십만 명의 집시들이 나치에 의해 목숨을 잃었다.

요즘에는 사회 관습에 구애받지 않고, 정처 없이 떠돌아다니는 사람들을 집시라고 부르는 경우가 많아졌다.

버스에서 내리자마자 가이드의 말처럼 집시들이 우리 일행에게 접근했다. 너무나 뻔뻔하게 붙는 모습에 조금 의아했다. 아예 대놓고 돈을 달라고 하는 것이 더 좋아 보일 것 같았다. 집시들은 아주 어린 아이들도 있었고, 나이를 조금 먹은 사람들도 있었다.

우리 일행은 뭉쳐 다니면서 집시들이 붙으면 바로 손을 뿌리치고 관심을 주지 않았다. 그랬더니 우리 일행에게는 더 이상 접근하지 않았다. 피사의 사탑이 있는 두오모 광장에도 집시들이 있으니까 이곳 피사에서는 항상 주의를 해야 한다고 가이드가 다시 한 번 알려주었다.

책에서만 보던 피사의 사탑을 직접 눈으로 보았다. 어떻게 저런 모습으로 넘어지지 않고 그 자리에 서 있는지 불가사의했다. 피사의 사탑에서는 사진 찍는 자세가 따로 있다. 기울어져 있는 사탑을 손가락으로 받치는 모습을 하고 사진을 찍는 것이다. 아버지와 이 장면을 연출하려고 했는데, 쉽지 않았다. 조금 엉성한 장면이 되고 말았다.

두오모 성당과 사탑을 배경으로 아버지와 사진 한 장을 찍었다. 푸른 잔디와 흰 대리석 건물의 조화가 참 아름다웠다. 하늘 빛깔이 파란 색이었다면 정말 아름다운 색상의 조화가 이루어졌을 텐데, 회색 구름이 낀 하늘이라 그게 좀 아쉬웠다.

나는 피사에서 쇠락한 시골 도시의 느낌을 받았다. 내 고향이자, 아버지가 살고 있는 시골이 생각났다. 우리나라의 시골은 피사처럼 쇠락의 길을 걷고 있다. 젊은이들은 모두 도시로 나가고 없고, 시골은 나이 든 늙은이들이 지키고 있다. 시골 마을에서 제일 막내가 70대라는 말은 거짓이 아니다. 시골 마을 회관에서는 70대가 커피를 타야 한다.

아버지도 농촌의 미래에 대해 가끔 한탄을 한다. 아버지 세대가 돌아가시면 농사지을 사람이 없단다. 그건 우리 집도 마찬가지다. 형은 직장 생활을 마치면 귀농을 하겠다고 하는데, 내가 보기에 형이 농사를 잘 지을 것 같지는 않다. 형의 귀농은 농사를 지으려는 것이 아니라 단순히 농촌에 살러 오는 것이다.

우리 집도 아버지가 돌아가시면 농사는 남한테 맡기든지, 논을 팔아야 한다. 그것도 맡길 사람이 있으면 다행이지만 그렇지 않으면 어떡해야 할지 난감하다.

아버지는 평생 농사를 천직으로 알고 살아왔다. 명절에 가족들이 모이면 아버지는 농사의 장점에 대해 말하곤 했다. 형이나 나에게 농사를 권유하기도 했다. 물론 직장 생활이 힘들면 농사지으러 오라는 말이었다.

아버지는 농사가 참 편한 일이라고 했다. 1년 열두 달 중에서 여섯 달만 바쁘고, 나머지 여섯 달은 거의 쉰다고 했다. 봄 농사 준비기와 가을 추수기만 바쁘게 일하면 다른 날은 편하게 쉴 수 있는 게 농사라는 것이다.

하지만 아버지 말은 반은 맞고 반은 틀린 말이다. 아버지가 이야기하는 농사는 논농사만 해당된다. 논농사는 아버지 말처럼 1년에 여섯 달만 고생하면 된다. 그런데, 시골에서 논농사만 짓는 사람은 없다. 밭농사도 함께 짓는다. 밭농사는 1년 내내 일이다. 쉴 수 있는 날이 없다.

나는 정말 농사가 싫다. 어린 시절 주말에 놀지 못했던 아픈 기억 때문인지는 모르겠지만 내가 생각하는 농사는 세상에서 가장 힘든 직업이다. 나는 아버지, 어머니의 삶에서 그걸 몸소 느꼈다.

일흔이 훨씬 지난 나이에도 농사를 짓고 있는 부모님을 보면 한편으로는 존경스럽지만 한편으로는 가슴 아프다. 부모님이 이제는 조금 편하게 살기를 바랄 뿐이다.

아버지는 흙을 사랑하는 진정한 농부이다. 농사를 짓는 농부라면 아버지처럼 살아야 한다. 그래야 농부의 삶이 즐겁고, 넓게는 농촌이 발전할 수 있다. 나는 농사도 싫을뿐더러 아버지와 같은 삶을 살 자신도 없다. 나는 농부가 될 자격이 없다.

대부분의 아버지들은 자식이 농사짓는 것을 원하지 않는다. 힘든 일은 자신에게서 끝나고, 자식들은 좀 더 편안하게 살기를 바라기 때문이다. 그런데 아버지는 형이나 나에게 농사짓기를 권한다. 아버지가 형이나 나에게 농사를 권유하는 것은 우리들을 사랑하지 않아서가 아니라 농사가 그 어떤 것보다 중요하다는 것을 알고 있기 때문이다. 아버지는 당신의 자식이 편안한 삶보다는 중요한 삶을 살기를 바라는 것이다.

아버지의 바람대로 이루어지지 않아서 죄송한 마음이지만 나 외에 다른 사람이 아버지의 뜻을 잘 이해해서 진정한 농부가 되었으면 좋겠다. 물론 나의 삶도 앞으로 어떻게 될지는 아무도 모른다. 어느 날 내가 시골로 내려갈 수도 있는 게 인생이기 때문이다.

피사도 정말 피사를 사랑하는 사람들이 와서 피사를 외롭지 않은 도시로 만들어 주었으면 좋겠다. 아직은 사탑이 있으니 피사가 발전할 수 있는 조건은 충분하다. 피사가 지금보다 더 번성하여 희망의 도시가 되기를 간절히 바라본다.

패션의 도시에서 가장 화려한 옷을 입은 성당을 보다

– 이탈리아 밀라노에서

피사에서 관광 일정을 마친 우리 일행은 다음 목적지로 이동했다. 다음 목적지는 패션과 예술의 도시 밀라노이다. 밀라노는 이탈리아에서 로마 다음 가는 대도시다. 피사에서 밀라노까지는 버스로 4시간 정도 걸린다. 밀라노는 패션으로도 유명하지만 랜드마크는 단연 밀라노 두오모 대성당이다. 이 대성당은 유럽 최고의 고딕 대성당이라는 찬사를 받고 있는 성당이기도 하다.

밀라노는 374년 성 암브로시우스가 밀라노의 대주교가 되면서 이탈리아 북부 지역에서 종교의 중심지가 되었다. 성 암브로시우스는 현재 밀라노의 수호성인이기도 하다. 밀라노는 대주교의 영향 아래 발전하기 시작하여 11세기경에는 북부 지역에서 가장 큰 도시가 되었다.

11세기 이후 경제적인 안정을 바탕으로 대성당의 건축과 운하의 개통, 브라만테, 레오나르도 다 빈치 등 예술가들이 이 도시로 모여들어 밀라노의 황금기를 이루었다.

16세기에는 스페인의 지배를 받았고, 그 후 오스트리아, 프랑스 등의 지배를 받다가 19세기 후반 이탈리아 왕국에 편입되면서 공업 도시로 발전하기 시작했다. 전통적인 섬유 공업의 바탕 위에 화학, 기계 공업 등의 중화학 공업이 발달하여 이탈리아 최대의 공업 도시가 되었다.

공업 도시가 되면서 밀라노는 교외 지역으로도 발전을 거듭했다. 대도시권을 생각하면 로마를 능가하는 도시로 성장했다. 섬유 공업의 발달 덕분에 밀라노는 패션의 도시라는 별칭을 얻고 있는데, '밀라노 패션쇼'는 세계적으로도 유명한 패션쇼이다.

▲고딕 양식 최고의 걸작, 두오모 대성당

밀라노 관광의 일번지는 단연 두오모 광장이다. 광장에는 밀라노의 랜드마크인 두오모 대성당이 있고, 세계에서 가장 아름다운 쇼핑 거리로 일컬어지는 '비토리오 에마누엘레 2세 갤러리'가 있다. 또 그 옆에는 세계 최대의 오페라 극장 중 하나인 스칼라 극장도 있다.

밀라노의 두오모 대성당은 고딕 양식으로 지어진 대성당 중에서는 최고라는 찬사를 받고 있다. 고딕 양식의 대표적인 특징이 높은 첨탑인데, 밀라노의 두오모 대성당에는 이런 첨탑이 무려 135개나 있다.

밀라노 두오모 대성당은 비스콘티 공작의 지시로 1386년부터 짓기 시작했다. 프랑스나 독일의 대성당에 버금가는 성당을 만들기 위해 여러 나라의 건축가들을 참가시켰고, 그런 까

▲ 밀라노 두오모 대성당

닭에 설계와 시공에 의견 조정이 어려워서 많은 시간이 걸렸다. 처음 공사를 시작한 지 500년이 지난 1890년경 준공되었다고 하는데, 전체적인 부대 공사가 완료된 것은 1951년경으로 보고 있다.

135개의 첨탑으로 이루어져 고딕 양식의 진수를 보여 주고 있는 이 대성당은 건물 외벽에 수천 개의 성인 상을 조각해 놓았는데, 그 숫자가 정확히 3,159개라고 한다. 또 135개의 첨탑 하나하나에도 정상에는 성인의 상이 장식되어 있고, 그 중심인 109미터의 탑에는 황금으로 장식된 성모 마리아 상이 세워져 있다. 조각의 끝판을 보여 주고 있는 셈이다. 실제 대성당을 바라보고 있으면 그 화려함과 찬란함에 눈을 어디에 두어야 할지 모른다.

대성당의 꼭대기는 엘리베이터를 타거나 계단을 이용하여 갈 수 있다. 이곳에서 바라보는 밀라노 시내의 풍경이 무척 아름답다고 하는데, 맑은 날에는 알프스 산까지 볼 수 있다고 한다.

두오모 대성당 옆, 두오모 광장 한쪽에는 밀라노를 상징하는 쇼핑몰 비토리오 에마누엘레 2세 갤러리가 있다. 이탈리아를 통일한 초대 국왕 에마누엘레 2세의 이름을 딴 쇼핑몰이다.

이 갤러리는 두오모 광장과 스칼라 광장을 연결해 주는 교차로 역할도 하고 있어서 많은 관광객들이 지나가는 길목이기도 하다. 1877년 완공된 이 갤러리는 파리와 런던에 있는 건축물들의 영향을 받아 지어졌다고 한다. 내부에는 고급 상점과 카페, 레스토랑 등이 있어 쇼핑과 먹거리를 동시에 즐길 수 있다.

두오모 광장에서 비토리오 에마누엘레 2세 갤러리를 통과해서 나오면 스칼라 광장이 나온다. 스칼라 광장에는 유명한 예술가의 동상이 세워져 있는데, 이곳 밀라노에서 활동했던 레오나르도 다 빈치이다. 다 빈치 동상은 스칼라 극장을 바라보고 서 있고, 그 밑에는 다 빈치의 제자 4명의 모습이 조각되어 있다.

다 빈치가 바라보고 있는 스칼라 극장은 파리의 오페라하우스, 빈의 오페라하우스와 더불어 세계 3대 오페라하우스 중 하나이다. 이곳 극장에 한 번이라도 공연한 성악가들은 그의 경력 맨 처음에 '스칼라 공연'이라는 말을 쓸 정도로 권위 있는 곳이라고 한다.

스칼라 극장은 원래 1778년에 건립되었는데, 제2차 세계대전 때 큰 피해를 입었고, 현재 모습은 이후에 복원된 것이다.

로시니, 베르디, 푸치니 등 세계적인 오페라 작곡가들이 이곳에서 처음 작품을 올렸으며, 우리나라의 성악가인 조수미도 여기에서 활동했다. 극장 옆에는 박물관이 있는데, 베르디의 유품과 오페라 공연 때 사용하던 무대 의상과 소품들이 전시되어 있다.

우리 일행이 피사를 떠나 밀라노에 도착한 것은 저녁 무렵이었다. 곧 어둠이 내리기 직전의 시간이라 우리 일행에게 주어진 시간은 많지 않았다. 1시간 안에 두오모 대성당을 보고, 비토리오 에마누엘레 2세 갤러리와 스칼라 광장과 스칼라 극장 관광을 모두 마쳐야 했다.

자유 시간이 주어지자 아버지와 나는 우선 대성당 안으로 들어갔다. 늘 하던 대로 제단 앞에서 기도를 드렸다. 성당 안은 밖의 화려한 모습에 비하면 비교적 소박한 모습이었다. 소박한 모습이라고는 했지만 그래도 다른 성당에 비해서는 화려했고, 그 웅장함은 대단했다.

기도를 마친 다음 밖으로 나왔다. 웅장하고 화려한 대성당을 배경으로 사진 몇 장을 찍었다. 아버지의 흰 머리카락과 대성당의 흰색이 어우러져 같은 빛깔을 내고 있었다. 사진을 찍고 나서 멀리서 한참 동안 대성당을 바라보았다. 그렇게 바라보고 있는데, 어둠이 조금씩 내리면서 대성당의 조명이 들어오기 시작했다. 조명이 들어오니 대성당은 더 화려한 모습을 드러냈다. 지금까지 내가 본 많은 성당 중에서 외부가 가장 화려한 성당이라는 느낌을 받았다. 인간의 위대함을 다시 한 번 느꼈다.

대성당 구경을 마치고, 옆에 있는 갤러리로 이동했다. 아버지와 내가 갤러리에서 특별히 볼 것은 없었다. 아내와 왔더라면 이곳에서 꽤 오랜 시간을 보냈을 것이다. 갤러리를 통과하여 곧장 스칼라 광장으로 나왔다. 광장에는 다 빈치의 동상이 서 있었다. 르네상스 시대 최고의 과학자이자 예술가인 다 빈치의 모습은 참으로 인상적이었다. 아버지는 다 빈치가 어떤 인물인지 잘 모르겠지만 이 글을 읽고 나면 〈최후의 만찬〉 그림과 파리에서 보게 될 〈모나리자〉 그림의 작가라는 사실, 그리고 르네상스 시대 다방면에 걸쳐 두각을 나타낸 천재였다는 사실을 알게 될 것이다.

유럽에서 최대 규모를 자랑하는 스칼라 극장의 정면은 의외로 조금 소박하다는 느낌을 받았다. 이곳에서 멋진 오페라 공연을 볼 수 있는 날이 올지는 모르겠지만 그날을 기약하며 사진 한 장을 찍었다.

밀라노에서 모든 일정은 끝났다. 조금 짧은 시간이었지만 밀라노 대성당을 본 것만으로도 만족스러웠다. 아버지도 그럴 것이다.

그러고 보니, 밀라노 일정을 끝으로 이탈리아에서의 모든 여정이 끝났다. 이번 서유럽 6개국 여행에서 역시 핵심은 이탈리아였다. 몇몇 나라는 잠깐 들러서 가는 곳에 불과했고, 이탈리아의 여러 도시에서 가장 많은 시간을 보냈다. 베네치아, 피렌체, 밀라노, 로마, 소렌토, 폼페이, 나폴리, 피사 등 여행의 대부분은 이탈리아의 도시들이었다.

여행 일정이 빡빡해서 아버지와 많은 시간 이야기를 해보지 못한 것이 조금 아쉬웠다. 여행지의 유적지 정보와 나라와 도시 정보를 좀 미리 알았다면 아버지에게는 더 좋았을 텐데, 그것도 조금 아쉬웠다. 이 책이 여행 가기 전에 나왔으면 얼마나 좋았을까? 인간의 욕심은 끝이 없다. 지금 나온 것만으로도 감사한 일이다.

이탈리아를 보고 나니 역시 서유럽 여행의 일번지는 이탈리아라는 생각이 들었다. 아니, 유럽 여행의 일번지가 이탈리아가 아닐까 생각했다. 그만큼 이탈리아는 여행의 척도가 되는 나라이고, 로마는 그 중심 도시다.

오늘밤이 이탈리아에서 마지막 밤이다. 내일은 스위스로 넘어가야 한다. 스위스에서는 또 어떤 여정이 기다리고 있을까? 그 여정을 기대하면서 이탈리아에서의 마지막 밤을 보냈다.

레오나르도 다 빈치의 〈최후의 만찬〉 이야기

밀라노에는 또 한 가지 빼놓을 수 없는 명작이 있다. 레오나르도 다 빈치가 그린 〈최후의 만찬〉이 그것이다. 이 그림은 다 빈치가 '산타 마리아 델라 그라치에 성당' 안에 있는 수도원 식당 벽면에 그린 것이다. 그림이 있는 성당은 1463년에 착공하여 1492년에 완공되었는데, 바티칸 대성당을 설계했던 브라만테가 성당의 외부 모습을 완성시켰다고 한다.

이 성당이 유명해진 것은 다 빈치의 〈최후의 만찬〉 덕분이다. 당시 수도원의 수도사들은 다 빈치가 그린 그림을 보면서 식사를 했다고 한다. 다 빈치는 그림 속 제자들의 모습을 실제 사람과 같은 크기로 그려서 수도사들이 만찬에 참여하는 것 같은 기분이 들도록 했다고 한다.

현재 우리가 보는 〈최후의 만찬〉 그림은 20여 년 간의 복원 작업을 거쳐 나온 결과물이다. 〈최후의 만찬〉은 습기가 많이 차는 식당 벽면의 그림이었기 때문에 세월이 흐르는 동안 많이 훼손되었고, 제2차 세계대전 때 폭격으로도 훼손되어 어마어마한 예산을 들여 복원 작업을 할 수밖에 없었다.

복원 작업이 더 어려웠던 것은 물감이 벽에 스며드는 프레스코화가 아니라 벽면에 바르는 유화 방식이었기 때문이다. 이런 유화 방식은 손상되기 더 쉬웠고, 그래서 복원 작업도 어려웠다고 한다. 이렇게 어렵게 복원된 작품이다 보니, 현재 이 그림을 보기 위해서는 적어도 한 달 전에 예약을 해야 한다.

부모님이 살고 있는 시골 집 거실에도 다 빈치의 〈최후의 만찬〉 그림이 있다. 누나가 오래 전에 자수를 놓아 만든 것인데, 대형 액자에 넣어서 벽에 걸어 놓았다. 매일 집에서 본 〈최후의 만찬〉 그림을 이곳에서 실제 보았다면 아버지에게도 참으로 감동적인 사건이었으리라.

설원 속에서 낭만을 즐기다

– 스위스 인터라켄에서

밀라노 호텔에서 이른 아침을 먹고 우리 일행은 버스에 몸을 실었다. 목적지는 스위스의 인터라켄이다. 이탈리아를 떠나서 스위스로 넘어가는 것이다.

스위스는 작은 나라지만 볼 게 참 많은 나라다. 하지만 이번 여정에서 스위스는 알프스 산의 융프라우만을 보기 위해 잠깐 머무는 나라다.

밀라노를 출발한 버스는 4시간을 달려 스위스의 인터라켄에 도착했다. 인터라켄은 스위스에서 가장 오래되고, 많은 관광객들이 찾는 여름 관광 휴양지이다. 그리고 알프스의 봉우리 융프라우를 가기 위해서 반드시 들러야 하는 도시이다.

인터라켄은 알프스 산맥의 봉우리인 아이거, 융프라우, 묀히로 둘러싸여 있는 곳이다. 인터라켄이라는 이름은 '호수와 호수 사이'라는 뜻이다. 실제 인터라켄은 서쪽의 툰 호수와 동쪽의 브리엔츠 호수 사이에 위치해 있다. 인터라켄은 석회 성분이 많아 푸른빛을 띠는 호수와 온통 눈으로 둘러싸여 있는 산들이 빼어난 자연 풍광을 자랑하고 있어서 그 자체로도 매우 아름다운 도시이다.

우리 일행은 이곳 인터라켄에서 점심을 먹고, 잠시 자유 시간을 가졌다. 융프라우를 가기 위해서는 산악 열차를 타야 하는데, 예약해 둔 열차 시간이 아직 여유가 있었기 때문이다. 아버지와 인터라켄 시내를 잠시 걸었다.

도시는 낮 시간이라 정말 조용했다. 시내 중간에는 아주 넓은 잔디 운동장이 있었는데, 이곳은 패러글라이딩을 하는 사람들의 착륙 장소로 이용된다고 한다. 이곳에서는 어디를 둘러봐도 온통 흰 산이다. 겨울이 지나 3월로 접어들었지만 아직도 산에는 눈으로 가득 차 있었다. 푸른 잔디와 흰 눈의 조화가 정말 아름다웠다.

한낮의 짧은 여유 시간을 갖고 난 뒤 우리 일행은 융프라우로 올라가는 기차를 타기 위해서 역으로 이동했다. 기차역은 걸어서 갈 수 있는 거리에 있었다.

알프스의 보석, 융프라우

알프스 산맥에는 여러 봉우리가 있지만 그 중에서 단연 압권은 융프라우 산이다. 융프라우는 해발 4,158미터의 고봉이다. 융프라우는 '처녀'라는 뜻인데, 인터라켄의 아우구스티누스 수녀에게 경의를 표하기 위해 명명되었다고 한다.

융프라우는 그 자체로도 매우 아름다운 산이지만 이 산이 많은 사람들에게 사랑을 받게 된 이유 중 하나는 기차를 이용하여 정상까지 쉽게 이동할 수 있기 때문이다. 그런 까닭에 융프라우의 하이라이트는 '융프라우요흐 전망대'라 할 수 있다. 인터라켄에서 기차를 타면 융프라우요흐 역까지 올라갈 수 있다.

융프라우요흐 역은 유럽에서 가장 높은 철도역이다. 해발 3,454미터 지점에 위치해 있다. 열차가 운행된 지 100년이 넘었다고 한다.(1912년 개통) 융프라우요흐 역은 '유럽의 지붕'이라고도 불리는데, 융프라우 산을 가장 가까이서 바라볼 수 있는 곳이기도 하다.

인터라켄을 출발한 기차는 바로 융프라우요흐 역에 도착할 수 없다. 융프라우요흐 역에 도착하려면 두 번이나 기차를 갈아타야 한다. 그러니까 총 3개의 기차를 타는 셈이다.

먼저 인터라켄 동역에서 그린델발트나 라우터브룬넨행 열차를 타고 목적지에 도착하면 클라이네 샤이덱행 열차로 갈아

▲ 융프라우 올라가는 기차 안에서 바라본 풍경

타야 한다. 클라이네 샤이덱에 도착하면 또 다른 열차를 이용하여 융프라우요흐 역으로 가는 열차를 타야 한다.

이렇게 해서 도착한 융프라우요흐 역 전망대에는 관광 안내소, 기념품 가게, 얼음 궁전 등 다양한 시설들이 있다. 그런데 이곳이 끝은 아니다. 융프라우를 제대로 보기 위해서는 이곳에서 엘리베이터를 타고 스핑크스 전망대로 가야 한다. 스핑크스 전망대는 해발 3,573미터 지점에 위치해 있다.

스핑크스 전망대는 실외에 마련된 공간이 있어서 이곳에 나오면 아름다운 융프라우를 360도 감상할 수 있다.

기차를 타고 산으로 올라간다고 하니 생각만 해도 기분이 좋았다. 기차 여행 그 자체만으로도 좋은데, 눈 덮인 산으로 올라가는 기차라니 어찌 즐겁지 않겠는가? 기차를 타고 올라가면서 보니 3월인데도 산의 눈은 전혀 녹지 않았고, 때로 눈보라가 날리기도 했다.

기차 안에서 바라보는 풍광은 한 폭의 그림 같았다. 이렇게 아름다운 풍경을 아버지와 함께 볼 수 있다는 것에 감사했다. 어머니도 오셨으면 얼마나 좋았을까 하는 아쉬움도 컸다.

기차를 두 번이나 갈아타고 드디어 종착역인 융프라우요흐역에 도착했다. 그리고 곧바로 엘리베이터를 타고 스핑크스 전망대로 향했다. 스핑크스 전망대에 도착한 후 단단히 무장을 하고 전망대 밖으로 나갔다.

그런데, 아무것도 보이지 않았다. 보이는 거라고는 눈뿐이었다. 바람도 거세게 불었고, 눈보라도 쳤다. 이 광경을 정확하게 표현하면 흰색 도화지 앞에 서 있는 것 같았다. 눈보라가 치고 있어서 하늘도 온통 흰색이었다. 사방이 전부 흰색뿐이었다.

날이 맑았다면 온통 눈으로 덮여 있어도 하늘과 구분된 멋진 융프라우를 감상할 수 있었을 텐데, 지금은 위도 아래도 아무것도 보이지 않았다. 아무것도 보이지 않아 실망도 컸다. 5월 정도에 오면 산 아래의 풍경이 정말 멋질 것 같았다.

사진 한 장을 급하게 찍고, 바로 실내로 들어왔다. 이곳 전망대에는 깜짝 놀랄 일이 하나 있다. 전망대 휴게소에서 한국의 라면을 팔고 있다는 사실이다. 산에서 먹는 라면이 가장 맛있다는 건 예전부터 알고 있었지만 이곳 융프라우에 우리나라의 라면이 있다니 믿어지지가 않았다. 도대체 누가 이런 생각을 했는지 모르겠다. 워낙 한국인 관광객이 많이 온 결과이기는 하겠지만 융프라우에서 라면을 판매한다는 건 상상도 못할 일이었다.

한국 관광객들의 심리를 잘 이용한 기가 막힌 판매 전략임은 분명했다. 이곳에 온 한국인 관광객 중에서 라면을 먹지 않

◀ 융프라우 철도 100주년 기념으로 만든 융프라우 모형 오르골

고 가는 사람은 별로 없을 것 같았다.

'산이 거기 있으니 올라간다.'는 말이 있듯이, '라면이 여기에 있으니 먹어야겠다.'는 생각이 들었다. 산 정상에서 경치를 바라보며 라면을 먹었다면 그 맛이 정말 일품이었겠지만 전망대 실내에서 먹는 라면 맛은 별반 차이가 없었다. 그래도 먼 이국 땅에서 먹는 라면은 그런대로 반가웠다.

융프라우를 보고 난 뒤 다시 인터라켄으로 돌아왔다. 오늘은 이곳에서 자고 내일은 기차를 타고 프랑스로 넘어 가야 한다. 내일 프랑스로 넘어 가는 일정은 새벽부터 시작한다. 새벽 3시에 일어나서 출발해야 한다. 이번 여행에서 가장 힘든 일정이다. 내일을 생각해서 평소보다 일찍 잠자리에 들었다.

스위스 이야기

스위스는 유럽 나라 중에서는 아주 작은 나라에 속한다. 국토 면적은 우리나라의 절반에도 못 미치고, 인구 또한 서울 인구보다 적다. 게다가 국토의 4분의 1이 알프스 산맥이다. 국민 또한 독일, 프랑스, 이탈리아 등 여러 민족으로 구성되어 있다. 이런 조건들만 보면 스위스는 참으로 발전하기 어려운 나라다. 하지만 스위스는 이런 불리한 자연 환경과 종족 구성에도 불구하고 국가 경쟁력은 최상위에 있는 나라다. 알프스 산을 이용한 관광업과 기술로 어려운 환경을 극복하여 선진국이 되었다. 경공업과 국제 무역, 은행업, 시계, 정밀 기계 산업 등은 세계 최고 수준을 자랑한다.

1848년 현재의 스위스 연방이 구성된 이후, 제1, 2차 세계대전을 거치면서 중립국을 표명했고, 현재까지 중립국을 고수하고 있다. 그 덕분에 스위스에는 국제기구의 본부가 많이 있다. 전체 국제기구의 약 20% 정도가 스위스에 본부를 두고 있다.

우리에게 스위스는 은행과 시계로 많이 알려져 있는 나라다. 은행은 조금 나쁜 이미지, 시계는 좋은 이미지로 알려져 있다. 스위스 은행은 개인 정보를 확실하게 보호하기 때문에 일단 스위스 은행에 입금된 돈에 대해서는 추적이 불가능했다. 그래서 많은 독재자들이나 재벌 기업들이 탈세를 목적으로 스위스 은행에 비밀리에 예금을 하는 경우가 많았다. 하지만 최근에는 불법적인 자금에 대해서는 어느 정도 추적이 가능하다고 한다.

스위스와 관련해서는 아버지가 관심 있어 하는 이야기가 하나 있다. 바로 바티칸 교황청과 관련된 이야기다. 바티칸에는 교황님을 경호하는 교황청 근위대가 있다. 그런데, 이 근위대원들은 전부 스위스 청년들이다. 이렇게 된 데에는 역사적인 사건이 있었기 때문이다.

스위스는 과거 가난한 나라였기 때문에 많은 남자들이 돈을 받고 다른 나라의 전쟁에 동원되었다. 16세기 초 교황은 성 베드로 대성당의 경비를 위해 스위스에 200여 명의 병사를 요청했다. 그 무렵 신성로마제국이 로마에 쳐들어왔고, 스위스 병사들은 죽음으로써 교황을 지키는 데 성공했다.

이후 스위스 병사들의 충성심이 가장 높다고 판단한 교황은 지금까지 스위스 남자들에게만 교황청 근위병을 허락하고 있다. 교황청 근위병의 자격은 스위스 국적의 고등학교를 졸업한 미혼 남자이다.

고난과 역경을 이겨 낸 꽃은 더 화려하다

– 프랑스 파리에서

새벽 3시에 일어나서 곧바로 버스를 탔다. 버스는 3시간을 달려 벨포르에 도착했다. 벨포르에 오는 3시간 동안 줄곧 잤다. 벨포르는 프랑스의 국경 부근에 위치한 작은 도시이다. 버스를 타고 잠을 자는 동안에 스위스 국경을 넘어 프랑스에 들어온 것이다. 인터라켄에서 이곳 벨포르까지 오는 이유는 파리로 가는 고속열차를 타기 위해서다. 열차 시간을 맞추기 위해서는 새벽에 출발할 수밖에 없었다.

벨포르 역은 작은 도시에 비해 상당히 큰 역이었다. 이곳 역에서 아침을 먹어야 했다. 아침은 미리 준비해 둔 도시락이었다. 역 안에서 도시락을 먹기가 좀 애매해서 기차를 탄 다음에

먹을까도 생각해 보았지만 그것도 마땅치 않을 것 같았다. 옆자리 손님이 우리 일행이라면 상관없지만 그렇지 않다면 다른 승객에게 피해를 주기 때문이다. 할 수 없이 역 대합실에 앉아서 도시락을 먹었다. 이것도 다 여행 중에 경험할 수 있는 추억이다.

우리 일행은 벨포르에서 고속열차를 타고 파리로 향했다. 우리가 탄 고속열차는 프랑스의 테제베(TGV)였다. 테제베는 우리에게도 친숙한 열차이다. 우리나라가 프랑스의 테제베를 도입하여 고속열차를 운행했기 때문이다.

테제베는 초고속 열차라는 뜻이다. 1981년도에 일본의 신칸센 속도를 능가하는 시속 260킬로미터로 운행이 가능하도록 개발되어 세계적인 주목을 받았다. 1989년에는 시속 300킬로미터로 달릴 수 있는 테제베를 개발했고, 1993년에는 더 나은 성능의 3세대 테제베까지 개발되었다.

우리나라는 1994년에 프랑스의 테제베 시스템을 도입했고, 2004년에 한국고속철도(KTX) 운행을 시작하여 고속열차 운행 대열에 합류했다.

벨포르에서 출발한 테제베는 약 2시간 반 정도를 달려야 파리에 도착한다. 기차 여행은 늘 기분이 좋다. 또 지금 타고 있는 열차가 우리나라에서 운행되고 있는 고속열차의 원조라고 하니 더 친근감이 들었다.

하지만 지금은 기차 여행을 즐기기에는 몸이 너무 피곤했다. 잠을 제대로 못 잤기 때문이다. 자다가 말다가를 반복하다 보니 어느덧 열차는 파리에 도착했다.

이번 여행에서 제일 말썽을 부린 건 날씨다. 여행에서 날씨는 절대적인 요소인데, 이번 여행에서는 정말 날씨가 도와주지 않았다. 설상가상으로 마지막 여행지인 파리에서도 날씨는 심술을 부렸다.

3월 중순으로 가는 시기인데, 파리에 도착하니 많은 눈이 내리고 있었다. 기상이변이라고 했다. 파리에는 원래 겨울에도

▲ 눈이 내리고 있는 파리 콩코르드 광장. 중앙에 이집트에서 가져온 높이 23미터의 오벨리스크가 서 있다.

눈이 많이 내리지 않는다고 하는데, 3월 중순에 이렇게 폭설이 내리고 있으니 놀라운 일이다.

그래도 비보다는 눈이 나았다. 눈은 그런대로 운치가 있었다. 기온이 내려가서 조금 추운 것이 흠이었지만 그런대로 관광을 하는 데는 큰 무리가 없었다. 버스는 콩코르드 광장을 한 바퀴 돈 다음에 첫 목적지인 에펠탑으로 향했다.

파리의 랜드마크, 에펠탑

파리의 랜드마크는 역시 에펠탑이다. 에펠탑은 1889년 프랑스 대혁명 100주년을 기념하여 개최된 파리 만국박람회의 기념물로 건립된 탑이다. 당시 에펠탑은 만국박람회의 출입 관문이었다.

에펠탑에 사용된 철의 무게는 7,300여 톤이고, 높이는 300미터로, 당시에는 세계에서 가장 높은 인공 건축물이었다. 1887년 구스타브 에펠의 설계로 2년 2개월의 공사 기간을 거쳐 1889년 3월 31일 완공되었다. 설계자 에펠의 이름을 따서 에펠탑이라 이름 지었다.

원래 에펠탑은 건설된 지 20년이 지나면 해체될 예정이었다고 한다. 그런데 그 무렵 발명된 무선 전화의 안테나로 사용할 수 있다는 사실이 알려지면서 에펠탑은 해체의 위기에서 벗어났다. 그리고 1957년에는 텔레비전 안테나가 에펠탑 꼭대기에 설치되면서 탑의 높이도 324미터가 되었다.

에펠탑에는 총 3개의 전망대가 있다. 1전망대는 57미터 높이에, 2전망대는 115미터, 3전망대는 274미터 높이에 위치해 있다. 전망대까지는 모두 승강기를 타고 올라갈 수 있으며, 2전망대까지는 계단으로도 올라갈 수도 있다. 각 전망대에는 식당과 선물 가게 등이 있다.

에펠탑은 낮보다는 밤이 더 아름답다. 밤이 되어 에펠탑에 조명이 들어오면 센 강에서 바라보는 에펠탑의 야경은 그야말로 환상적이다.

에펠탑은 건축 당시에는 많은 지식인들과 예술가들로부터 파리의 경관을 헤친다는 이유로 비난을 받았다. 대표적인 사람이 소설가 모파상이었는데, 그와 관련해서는 재미있는 일화가 전해지고 있다.

모파상은 에펠탑 전망대 안에 있는 식당에서 항상 점심을 먹었다고 한다. 자신이 그토록 비난했던 에펠탑에서 모파상은 왜 식사를 했을까? 그 이유는 그곳이 유일하게 에펠탑이 보이지 않는 장소였기 때문이란다.

하지만 지금 에펠탑은 프랑스를 방문하는 관광객들이 반드시 봐야 하는 건축물로 자리 잡았고, 파리의 상징물이 되었다.

우리 일행이 도착한 곳은 에펠탑이 한눈에 보이는 곳이었다. 이곳은 에펠탑을 배경으로 사진을 찍기 위해서 주로 들러는 장소다. 내일 오전에 다시 에펠탑에 와서 2층까지 올라가 보는 일정이 예정되어 있었다. 지금은 간단하게 사진 한 장만 찍고 출발해야 했다.

에펠탑을 배경으로 사진을 찍는다는 것은 '나도 파리에 왔다.'는 것을 은근히 자랑하는 행동이다. 그만큼 에펠탑은 파리를 상징하는 제일의 건축물이다. 눈은 간간이 내리고 있었고, 바람은 세차게 불었으며, 체감온도는 영하의 날씨였지만 파리에 왔다는 증명사진은 꼭 찍어야 했다. 아버지와 에펠탑을 배경으로 사진 한 장을 찍었다. 너무 추워서 사진을 찍자마자 서둘러 버스에 올랐다.

프랑스 절대왕정의 상징, 베르사유 궁전

버스는 파리 교외에 있는 베르사유 궁전으로 향했다. 베르사유 궁전은 프랑스 절대왕정의 상징이 되었던 궁전이다. 또한 이 궁전은 지금까지 지어진 궁전 중에서 가장 웅장하고, 가장 화려한 궁전 중 하나이다.

원래 이 궁전은 루이 13세가 지은 사냥용 별장이었다. 그런데 루이 13세를 이어 황제가 된 루이 14세는 파리의 바쁜 생활에 싫증을 느낀 나머지, 시내에서 벗어난 이곳에 궁전을 짓기 시작했다. 1662년부터 시작된 궁전 공사는 일차적으로 1682년 완공되었고, 루이 14세는 이곳으로 거처를 옮겼다.

하지만 궁전이 완공된 이후에도 왕실 예배당과 부속 건물들을 짓고, 해마다 궁전을 유지 · 보수하기 위해서 프랑스 대혁

▲ 베르사유 궁전

명 전까지 공사는 계속되었다. 궁전은 전체적으로 'U'자 형태의 건물로 만들어졌고, 전체 길이는 680미터에 이른다.

궁전의 설계는 당대 최고 건축가들이 참여하였고, 또 아름답기로 유명한 궁전의 정원은 르 노트르가 설계를 맡아 완성했다. 궁전의 웅장함과 화려함은 다른 유럽 국가 황제들에게 깊은 인상을 주었고, 이후 모방의 대상이 되었다.

궁전에는 수천 개의 방이 있는데, 그 중에서 가장 유명한 방은 '거울의 방'이다. 거울의 방은 길이 73미터, 높이 13미터, 폭 10.5미터 크기의 방이다. 천장 부근까지 17개의 거울로 가득 메워져 있고, 천장은 프레스코화로 꾸며져 있다. 거울의 방은

▲ 베르사유 궁전 거울의 방

여러 가지 국제적인 행사가 거행된 장소이기도 하다. 1919년 제1차 세계대전 후의 평화조약도 바로 이 방에서 체결되었다.

베르사유 궁전은 루이 14세가 절대왕권을 휘두르는 데 중요한 역할을 한 궁전이기도 하다. 루이 14세는 궁전이 완공된 후, 정부 관리들을 모두 궁전 내부나 근처에 살도록 했다. 그러다 보니 권력을 가진 모든 귀족들이나 관리들이 항상 궁전에서 생활할 수밖에 없었고, 황제는 항상 그들을 눈으로 감시할 수 있었다. 그리고 여러 가지 궁전 에티켓을 만들고 준수하게 하여 황제에 대한 존경심도 갖게 만들었다.

하지만 이렇게 화려하고 웅장한 궁전은 결국 시민들에게는 반감을 주어 프랑스 대혁명이 일어나게 되는 원인이 되었고, 대혁명 뒤에는 궁전으로서의 기능을 상실했다. 현재는 관광지로 개방되어 웅장하고 화려했던 옛날의 모습만 확인할 수 있다.

베르사유 궁전에 도착한 뒤에도 눈은 여전히 조금씩 날리고 있었다. 영하의 날씨라 구경하기도 조금 힘들었다. 일단 추위를 피하기 위해 궁전 안으로 들어갔다. 궁전 밖도 화려했지만 궁전 안은 더 화려했다. 궁전에서 가장 유명한 장소인 '거울의 방'은 정말 대단했다.

거울의 방을 보고 난 뒤, 궁전을 돌아다니는 것은 포기했다. 아버지도 힘들 것 같았고, 나도 힘들었다. 간신히 앉을 수 있는 공간을 찾아 휴식을 취했다.

날씨만 좋았다면 궁전 뒤 정원을 보는 게 더 좋았을 텐데, 눈이 내린 뒤라 정원은 그 아름다운 모습을 감추고 있었다. 궁전 안에서 잠깐 휴식을 취한 뒤 밖으로 나왔다. 빨리 버스를 타고 따뜻한 공간으로 가고 싶었다.

오늘 남은 일정은 다시 파리로 들어가서 저녁을 먹고, 야간 유람선을 타는 것이다. 눈 내리고, 바람 부는 날 유람선을 타는 것도 정말 힘든 일이었다.

저녁을 먹고 나니 그런대로 몸이 좀 풀렸다. 야간 유람선을

◀ 센 강 유람선에서 본 눈 내리는 에펠탑 정경

타는 일정은 포기하고 싶었지만 이미 예약을 마친 상태라 그만 둘 수도 없었다. 그런데, 야간 유람선을 타면서 가장 멋진 풍경을 보았다. 유람선을 타지 않았다면 정말 후회할 뻔했다.

셴 강에서 유람선을 타고 보는 에펠탑은 정말 아름다웠다. 밤에는 에펠탑에 조명이 들어오기 때문인데, 시간대별로 조명의 불빛도 조금씩 달라졌다. 그런데, 오늘은 눈까지 내리고 있어서 눈 오는 밤의 에펠탑은 그야말로 환상적이었다. 연신 카메라 셔터를 눌렀다. 사진도 정말 멋지게 나왔다. 이런 사진은 어디에서도 볼 수 없었다. 내가 찍었는데도 정말 감탄이 절로 나왔다.

이런 환상적인 장면을 보고 있으니 추운 줄도 몰랐다. 한참 동안 넋을 놓고 그 장면을 바라보았다. 아버지도 이런 장면은 처음 보았을 것이다.

셴 강에서 환상적인 에펠탑의 야경과 파리의 야경을 보고 난 뒤 서둘러 버스에 올랐다. 눈은 점점 더 많이 내렸고, 이제는 호텔까지 가는 게 큰 문제였다. 보통 때 같으면 버스로 30분 정도만 가면 될 거리인데, 눈길이라서 빨리 갈 수도 없었다. 도로는 차량들로 가득했고, 모두 거북이 운행이었다. 중간 중간 눈길에 미끄러진 사고 차량까지 있어서 우리를 더욱 불안하게 만들었다.

자정 전에 호텔에 도착할 수 있을지도 걱정이었다. 그러고 보니 오늘 밤이 여행 마지막 밤이었다. 여행 마지막 밤을 길에서 보낼 수는 없었다.

다행히 버스는 능숙하게 눈길을 잘 달렸고, 우여곡절 끝에 호텔 근처에 다다랐다. 마지막 밤을 그냥 보낼 수 없어서 슈퍼에 들러 맥주 몇 병을 샀다.

우리가 마지막 밤을 보낼 호텔은 시 외곽에 있는 작은 호텔이었다. 시설도 그다지 좋지 않았고, 난방도 제대로 되지 않았다. 3월 중순경에 이런 날씨가 되리라고는 호텔 측도 예상하지 못했으리라. 옷을 입고 자는 수밖에 없었다.

간단하게 세수만 하고, 마지막 술자리를 준비했다. 내일 오전에 파리 관광을 마치면 저녁 비행기로 한국으로 돌아가야 한다. 12일간의 여정이 순식간에 지나갔다. 날씨가 말썽이라 그게 좀 흠이었지만 아무튼 건강하게 모든 일정을 마쳤다.

여행 마지막 밤, 그것도 눈 내리는 3월의 밤에 허름한 호텔 방에서 아버지와 마지막 술잔을 들었다. 운치도 있었지만 날씨 때문에 조금 서글픈 생각도 들었다. 이제 당분간은 아버지와 호텔 방에서 술 먹는 일은 없을 것이다. 여행을 떠나지 않는 한 말이다. 마지막이 될 수도 있다.

아버지는 지금 어떤 심정일까? 아버지는 아마도 집 걱정이 가득할 것이다. 도착하자마자 볍씨 담그기를 시작으로 1년 농사를 준비해야 한다. 여행을 음미할 시간도 없을 것이다. 나는 집에 돌아가면 아버지와의 첫 여행에 대해 많은 생각을 할 것이다. 큰 의미가 있었고, 나름 행복했기 때문이다.

밤새 눈은 그쳤고, 날씨는 화창했지만 여전히 영하의 기온이었다. 오늘 일정은 오전에 에펠탑 전망대에 오르고, 루브르 박물관을 관람하고, 샹젤리제 거리와 개선문을 보는 것이다. 그리고 곧장 공항으로 가서 비행기를 타고 한국으로 돌아가면 된다.

호텔에서 간단하게 아침을 먹고 버스를 타고 에펠탑으로 향했다. 간밤에 도로는 어느 정도 정비되어 있었다. 별 어려움 없이 에펠탑에 도착했다. 그런데, 다른 문제가 생겼다. 에펠탑의 승강기가 얼어서 운행할 수 없다는 것이다. 안전 때문에 계단으로도 올라갈 수 없었다. 에펠탑 전망대는 포기할 수밖에 없었다.

여행 중에는 예기치 않은 일이 종종 발생한다. 비가 오고, 눈이 내리는 것도 그런 일 중 하나다. 그로 인해 파생되는 일도 마찬가지다. 유능한 가이드일수록 이런 상황에 잘 대처한다. 에펠탑 전망대 대신에 그에 필적할 만한 대체 관광지를 빨리 섭외해야 하는 것이다.

가이드는 에펠탑 전망대 대신에 우리에게 '몽마르트 언덕' 관광을 제시했다. 나름 괜찮은 제안이었다. 몽마르트 언덕 역시 파리에서는 꼭 한 번 가보고 싶은 곳이었다. 이번 여행 일정에 없어서 좀 아쉽긴 했는데, 나로서는 오히려 잘 된 일이었다. 에펠탑이야 봤으니 됐고, 굳이 전망대까지 올라가지 않아도 상관없었다.

우리 일행은 모두 지하철을 타고 몽마르트 언덕으로 향했다. 버스를 타고 갈 수도 있었지만 이런 교통 상황에서는 지하철이 시간 맞추기에 더 낫다고 판단해서 지하철을 선택했다. 가이드의 현명한 판단이었다.

화가들의 언덕, 몽마르트 언덕

몽마르트 언덕은 파리에서 가장 높은 언덕이다. 이 언덕에 올라서면 파리 시내가 한눈에 보인다. 몽마르트 언덕은 '순교자의 언덕'이라는 뜻을 지니고 있다. 250년경 로마 제국이 이곳을 지배하고 있을 때 프랑스 초대 주교인 생 드니는 가톨릭을 전파하다가 부주교 두 명과 이곳에서 순교하였다. 생 드니 주교는 잘린 자신의 목을 들고 북쪽으로 6킬로미터를 가서 죽었다고 한다. 생 드니 주교가 죽었다고 하는 그 장소에는 현재 생 드니 성당이 세워져 있다.

몽마르트 언덕은 19세기경 화가들이 몰려들면서 화가들의 언덕으로 알려지기 시작했다. 피카소, 고흐 등 세계적인 화가

▲ 몽마르트 언덕에서 바라본 파리 시내

들이 이곳에서 작품 활동을 했다고 한다. 현재 이곳에 모인 화가들은 거의 다 예술 협회에 등록되어 활동하는 화가들이라고 한다. 관광객들은 수준 높은 초상화를 그려갈 수도 있다.

몽마르트 언덕 위에는 유명한 건축물이 하나 있다. '사크레 쾨르 대성당'이 그것이다. 1870년 프랑스가 프로이센(독일)과의 전쟁에서 패하고 난 뒤 국민의 사기를 진작시키기 위해 성금을 모아 지은 성당이다. 생 드니 주교가 순교한 장소였기 때문에 이곳에 성당을 건립했다고 한다. 성당은 1914년에 완공되었다.

사크레 쾨르 대성당은 이스탄불에 있는 성 소피아 성당을 본

떠 건축했다고 한다. 성당 입구에는 예수의 동상이 있고, 그 옆에는 잔 다르크(백년 전쟁 당시 프랑스를 구한 소녀 영웅)와 생 루이(13세기 프랑스 왕으로 가톨릭 성인이 된 인물)의 동상이 있다.

성당 제단 뒤에는 세계에서 가장 큰 예수의 대형 모자이크가 있다. 성당 중앙에는 커다란 돔이 있는데, 높이가 83미터나 되기 때문에 몽마르트 언덕까지 합하면 파리에서는 에펠탑 다음으로 높다고 한다. 내부에 있는 237개의 계단을 이용하여 돔 위로 올라갈 수 있다.

몽마르트 언덕에는 아침부터 많은 사람들로 붐볐다. 어제 내린 눈이 녹지 않아서 언덕을 올라가는 계단은 매우 미끄러웠다. 난간을 붙잡고 간신히 언덕을 올라갔다. 언덕을 올라가니 파리 시내가 한눈에 내려다보였다.

아버지와 나는 파리 시내 감상하는 일은 뒤로 미루고 먼저 언덕 위에 있는 사크레 쾨르 성당으로 향했다. 많은 사람들이 성당으로 들어가기 위해 줄을 서 있었다. 성당 안은 화려하지는 않았지만 웅장한 느낌이 들었다. 많은 사람들이 의자에 앉아서 기도를 드리고 있었다. 아버지와 나란히 의자에 앉아서 기도를 드렸다. 여행 마지막 날 성당에서 감사의 기도를 드릴 수 있어서 참 좋았다.

사실, 이번 파리 일정에서 아쉬운 점이 하나 있었다. 파리에서 가장 유명한 성당인 노트르담 대성당 관람이 빠졌다는 것이다. 대부분의 파리 여행에서는 노트르담 대성당 관광이 들어가 있는데, 이번 일정에서는 빠져 있었다. 아버지가 노트르담 대성당을 봤다면 참 좋아했을 텐데, 아쉬운 일이었다.

성당을 나와서 전망 좋은 곳에서 파리 시내를 바라보았다. 에펠탑 전망대에 올라가서도 이런 경치는 볼 수 없었을 것이다. 기분이 상쾌했다. 한참을 그렇게 서서 파리 시내를 구경했다.

언덕 아래에는 많은 화가들이 관광객들을 상대로 초상화나 캐리커처를 그려 주고 있었다. 시간이 있었으면 아버지의 캐리커처 하나를 구하고 싶었는데, 그럴 여유는 없었다. 아쉬움을 뒤로 하고 다시 지하철을 타고 시내 중심부로 돌아왔다.

세계 최고의 박물관, 루브르 박물관

우리 일행은 루브르 박물관으로 이동했다. 루브르 박물관은 세계 3대 박물관 중 하나다. 아버지는 첫 여행에서 세계 3대 박물관을 모두 보는 영광을 누렸다. 아버지는 그 박물관이 그 박물관처럼 보일 것이지만 세계 3대 박물관을 봤다는 건 자랑해도 될 일이다.

루브르 박물관은 원래 12세기경 바이킹의 침입으로부터 시테 섬을 보호하기 위한 요새로 지어졌다. 그러다가 14세기 후반에 왕실 거주지로 가끔 사용되었고, 16세기 중반에는 왕궁으로 재건축되었다.

1682년 루이 14세가 베르사유 궁전으로 옮기면서 루브르 궁전은 왕실의 예술품이나 보물 등을 보관하는 장소로 사용되었다. 루브르 궁전이 지금처럼 박물관 역할을 한 것은 프랑스 대혁명 후인 1793년부터다.

혁명 정부는 1793년부터 루브르 궁전에 있던 많은 예술품들을 시민들이 볼 수 있게 미술관으로 만들었다. 1980년대에는 루브르 궁전 전체를 박물관으로 만들었다. 지금은 루브르 박

▲ 루브르 박물관의 유리 피라미드

물관의 상징이자 박물관의 출입구가 된 유리 피라미드도 그때 만들어졌다.

현재 루브르 박물관에는 지역과 시대에 따라 8개 부분으로 나누어 유물과 보물들을 전시해 놓고 있다. 전시된 작품만 3만 5천 점이고, 루브르 박물관이 소장하고 있는 작품은 총 38만 점에 이른다고 한다. 루브르 박물관에 오면 미술 책에서 본 많은 작품들을 직접 눈으로 확인할 수 있다.

루브르 박물관의 최고 인기 스타는 누가 뭐래도 레오나르도 다 빈치가 그린 〈모나리자〉다. 피렌체 태생의 다 빈치는 〈최후의 만찬〉을 그린 화가이자 르네상스 시대 최고 스타 중 한 명이다. 특히, 〈모나리자〉는 지금까지 가장 많은 관심을 받고 있는 작품이기도 하다.

사실, 〈모나리자〉는 작품 자체의 가치도 대단하지만 그 외적인 면에서 사람들의 관심과 사랑을 더 많이 받고 있다. 이 작품은 정확한 제작 연대와 작품 속 여인이 누구인지에 대해 정확한 자료가 없다. 여러 가설만 난무할 뿐이다. 이런 점 때문에 〈모나리자〉는 더욱 신비롭게 여겨졌고, 사람들의 관심을 끌 수밖에 없었다.

작품은 인자한 미소를 띤 한 여인이 팔걸이 의자에 편안히 앉아서 살짝 몸을 비틀고 있는 모습이다. 특이한 것은 얼굴에 눈썹이 없다.

작품 속 여인이 누구인가에 대한 여러 가설 중 현재까지 가장 많이 알려진 것은 피렌체 상인인 프란체스코 델 조콘도의 아내라는 이야기다. 이와 같은 주장을 한 사람은 피렌체에서 활동한 미술사가 조르조 바시리이다.

조콘도는 비단 사업으로 큰돈을 번 홀아비였다. 바시리의 주장에 따르면 조콘도는 열여섯 살의 엘리사베타(줄임말로 '리자'라고 부름. '모나'는 결혼한 여자에 대한 존칭어 '부인'에 해당)를 아내로 맞고 너무 기쁜 나머지 엄청 비싼 값을 치르고 다 빈치에게 초상화를 의뢰했다는 것이다. 그런데 다 빈치가 세상을 떠난 해에 바시리는 겨우 여덟 살이었기 때문에 바시리의 이 주장은 신뢰를 얻기가 어려웠다.

다른 이야기로는 피렌체에서 예술가를 후원한 메디치 가문의 어떤 여인일 것이라는 주장이 있지만 지금까지 작품 속 여인이 누구라고 확실하게 증명된 것은 없고, 모두 가설일 뿐이다.

아무튼 〈모나리자〉는 미술 교과서에는 반드시 나오는 작품이기 때문에 초등학교를 나온 사람이라면 누구든지 이 그림을 보았을 것이다. 아버지도 아마 초등학교 시절 이 작품을 미술 교과서에서 보았을 수도 있다.

〈모나리자〉는 사이즈가 작은 그림이다. 그래서 그림을 처음 본 사람들은 놀라운 반응을 보인다. 나도 〈모나리자〉가 상당히 큰 그림이라고 생각했었다. 그런데 실제 그림을 보니 너무 작았다. 〈모나리자〉는 가로 53센티미터, 세로 77센티미터의 그림이다.

짧은 시간에 박물관 안의 작품을 다 구경할 수는 없다. 특히, 우리 같은 여행객들은 주어진 시간이 얼마 되지 않기 때문에 더더욱 그러하다. 가이드의 안내에 따라 정말 중요하다고 생각되는 작품 몇 가지만 볼 수밖에 없었다.

일단 루브르 박물관에 왔으니 박물관의 슈퍼스타 〈모나리자〉 관람은 필수코스다. 하지만 이 작품을 가까이에서 보기란 매우 어렵다. 사람들이 이 작품 주위에 인산인해를 이루고 있기 때문이다. 작품을 배경으로 사진 한 장 찍기는 그야말로 하늘의 별 따기다.

몇 년 전에 아내와 루브르 박물관에 왔을 때는 오늘처럼 붐

▲ 레오나르도 다 빈치의 〈모나리자〉 사람들이 많아 멀리서 어렵게 찍은 사진이다.

비지 않았다. 그때는 〈모나리자〉를 배경으로 사진도 찍었고, 가까이에서 볼 수도 있었다. 그 사진을 찍고 나서 얼마나 기분이 좋았는지 모른다. 교과서에서 수없이 봤던 다 빈치 최고의 걸작 〈모나리자〉를 실제 보았으니 어찌 감동하지 않을 수 있겠는가?

그런데, 오늘은 사람들이 너무 많아서 그림을 보기도 어려웠다. 그냥 멀리서 어렴풋이 볼 수밖에 없었고, 사진도 멀리서 겨우 한 장 찍을 수 있었다.

대신 밀로의 〈비너스 상〉이나 〈승리의 여신 상〉 등에서는 사진 찍기가 수월했다. 또 박물관에는 가톨릭 관련 성화들도 많았는데, 아버지와 이런 그림들 위주로 구경했다. 그 중에서 가장 유심히 본 작품이 〈가나의 혼인 잔치〉 작품이었다. 예수님이 가나의 혼인 잔치에서 물을 포도주로 변화시키는 기적을 일으킨 성경 속 이야기를 그린 작품이다.

이 작품은 베로네즈라고 불리는 파울로 칼리아리가 그린 것인데, 루브르에 전시된 작품 중에서 가장 규모가 큰 작품이다. 폭이 거의 10미터에 가깝고, 그림 속에 등장하는 인물만 해도 130명이나 된다.

아버지와 이 그림을 한참 동안 바라보았다. 아버지도 그림 내용을 알고 있기 때문에 관심 있게 보았다. 이 그림 앞에는 사람들이 많지 않아서 그림을 배경으로 사진도 한 장 찍었다.

가이드를 따라 중요한 작품들을 보고 난 뒤 박물관 밖으로 나왔다. 지금은 박물관 출입구 역할을 하고 있는 유리 피라미드 앞에서 잠시 휴식을 취했다.

샹젤리제 거리와 개선문

이제 샹젤리제 거리와 개선문만 보면 이번 여행은 모두 마무리된다. 샹젤리제 거리는 루브르 박물관 근처에 있는 콩코르드 광장에서 개선문이 있는 샤를 드골 광장까지 약 2킬로미터의 거리를 말한다.

원래 이 거리는 16세기까지는 들판과 습지대였다. 17세기에 거리로 정비되면서 오늘날에는 파리의 명소이자 최대 번화가가 되었다. 샹젤리제 거리는 베르사유 궁전의 정원을 조성한 르 노트르의 설계로 조성된 거리이다. 그리스 신화에서 낙원이라는 의미의 '엘리제'에서 이름을 따서 '샹젤리제(엘리제의 들판이라는 의미)'라는 이름을 붙였다.

샹젤리제 거리 동쪽에는 울창한 공원과 현재 대통령의 관저로 사용하고 있는 엘리제궁 등 화려하고 웅장한 건물들이 자리 잡고 있다. 서쪽에는 레스토랑, 영화관, 은행, 카페, 그리고 패션을 선도하는 파리답게 세계적인 명품 브랜드의 매장과 백

화점 등이 들어서 있다. 그래서 이곳은 관광객뿐만 아니라 파리 시민들도 쇼핑이나 외식을 하려고 자주 찾는 장소이다.

샹젤리제 거리의 시작과 끝을 장식하고 있는 콩코르드 광장과 샤를 드골 광장도 역사적인 장소이다. 파리 한복판에 위치한 콩코르드 광장은 그 역사뿐 아니라 규모 면에서도 파리에서 가장 큰 광장이다.

콩코르드 광장은 18세기 중반 루이 15세를 위해 20여 년의 공사 끝에 만들어진 광장이다. 처음에는 루이 15세 광장, 그리고 프랑스 혁명 시기에는 혁명의 광장으로 불리기도 했다. 혁명이 끝난 후에는 지금의 이름인 '화합'이라는 뜻의 '콩코르드'로 바뀌었다. 광장 중앙에는 성 베드로 광장의 분수를 모방한 2개의 분수가 있고, 1829년 이집트 룩소르 신전에 있던 것을 기증받은 3,200년 된 오벨리스크가 우뚝 서 있다.

특히, 이 광장은 루이 16세와 마리 앙투아네트의 결혼식이 거행된 장소이면서, 또 두 사람이 처형된 곳이다. 또 프랑스 혁명 시기에는 약 1천 명이 넘는 사람들이 처형되기도 한 영광과 비극의 장소이기도 하다.

샤를 드골 광장은 원래 에투알(프랑스 어로 '별'을 의미) 광장으로 불렸는데, 방사형(중앙의 한 점에서 사방으로 바퀴살처럼 뻗어 나간 모양)으로 뻗은 12개의 도로가 마치 별과 같은 모양을 이루고 있다고 해서 붙여진 이름이었다. 제2차 세계대전 당시 독일에 점령되어 있던 파리를 구한 드골 장군을 기리기 위해 1970년 에투알 광장에서 샤를 드골 광장으로 이름을 바꾸었다.

샤를 드골 광장은 광장 그 자체보다는 광장 중앙에 있는 개선문이 더 유명세를 타고 있다. 이 개선문은 프랑스의 승리와 영광을 기념하기 위하여 나폴레옹에 의해 건립된 건축물이다. 로마에 있는 개선문을 본떠 만들었으며, 높이 50미터, 폭 45미터의 웅장한 흰 대리석 건물이다. 1806년에 공사를 시작하여

◀ 샤를 드골 광장의 개선문

나폴레옹이 죽은 뒤인 1836년에 완공했다. 정작 나폴레옹 자신은 살아서는 이 개선문을 통과하지 못했고, 1840년 그의 유해가 이 개선문을 지났다고 한다. 반면에 제2차 세계대전을 승리로 이끈 샤를 드골 장군은 전쟁이 끝난 후 이 개선문을 통해 당당히 행진했다.

개선문의 벽면에는 모두 10개의 부조가 있다. 10개의 부조는 모두 나폴레옹의 승리와 공적을 기리는 것으로 제작되었다. 또 내부 벽면에는 글자가 가득 새겨져 있다. 이는 프랑스 혁명에서 나폴레옹 1세 시대에 걸친 128번의 전쟁과 참전한 장군 558명의 이름이라고 한다. 개선문 위에 오르면 방사형으로 뻗은 12개의 도로와 파리 시내를 한눈에 볼 수 있으며, 에펠탑과 노트르담 대성당도 볼 수 있다.

루브르 박물관에서 나와 버스를 타고 샹젤리제 거리를 통과해서 샤를 드골 광장까지 왔다. 광장 주변에서 잠시 자유 시간을 가졌다. 개선문을 배경으로 사진도 찍고, 주변 상점들을 구경했다.

개선문에서 짧은 휴식을 취하고 난 뒤 버스를 타고 공항으로 향했다. 12일 간의 모든 여행이 끝났다.

프랑스와 파리 이야기

프랑스는 유럽 서부에 있는 공화국이다. 유럽에서는 세 번째로 큰 국토를 가진 나라이다. 국민은 켈트 족과 게르만 족이 대부분이고, 대다수의 국민은 가톨릭교를 믿고 있다. 5세기경 프랑크 왕국이 건설되었고, 9세기경 프랑크 왕국이 분리되면서 현재의 프랑스 지역이 성립되었다. 14세기부터 영국과는 백년 전쟁을 치루면서 경쟁 관계에 있었고, 이후 절대왕정이 수립되었다. 17~18세기에는 유럽에서 상당한 영향력을 행사한 나라였다.

18세기 후반 혁명으로 절대왕정은 무너지고, 이후 나폴레옹 시대와 제1, 2차 세계대전을 겪으면서 혼란한 시기를 보냈다. 1946년 제4공화국이 성립되면서 정치적으로 안정을 찾았고, 유럽에서 주도적인 위치에 서는 나라가 되었다.

파리는 프랑스의 수도이자, 세계의 예술과 패션, 문화를 선도하는 도시, 수많은 역사적 유산을 지닌 도시이다. 또 파리는 자유와 평등을 얻기 위해 근대적 혁명이 일어난 역사적 장소이기도 하다. 그런 까닭에 오늘날 파리는 전 세계에서 가장 많은 관광객들이 찾는 도시가 되었고, 가장 사랑하는 도시가 되었다.

파리 지역에 사람이 살았다는 기록은 카이사르(로마 제국의 정치가. 성경에 나오는 그 카이사르다.)가 쓴 '갈리아 전기'에 나온다. 갈리아 전기는 카이사르가 기원전 58년에서 기원전 51년 사이에 있었던 갈리아 전쟁에 관해 기록한 문서이다. 갈리아는 오늘날 프랑스, 벨기에 근방을 일컫는 곳이다. 갈리아 전기에는 카이사르가 이끄는 로마 군과 갈리아 족의 한 부족인 파리시이 족이 루테티아에서 전투를 한 기록이 나온다.

루테티아는 현재 파리 시내를 흐르고 있는 센 강에 있는 시테 섬을 중심으로 이루어진 마을을 로마 인들이 부른 이름이다. 프랑스 어로는 '뤼테스'라고 한다. 뤼테스는 2~3세기경에 '파리'라는 명칭으로 바뀌었는데, 이는 이곳에 살았던 파리시이 족의 이름에서 따온 말이다.

이후 뤼테스를 장악한 로마는 이곳에 로마식 도시를 건설했다. 이때 건설된 원형 경기장은 19세기에 발굴되어 역사적 유적지로 남아 있다. 이때부터 파리 지역의 파리시이 부족들은 로마의 지배를 받으며 점차 로마화 되었고, 도시를 발전시켜 나갔다.

파리에 처음으로 독립된 왕국이 생긴 것은 5세기 후반이다. 476년 서로마 제국이 멸망하자 북쪽의 게르만 족이 지금의 프랑스 지역으로 대거 이동해 왔다. 게르만 족의 한 부족인 프랑크 족의 클로비스는 파리 지역에 자주 침입했던 훈족을 몰아내고, 481년 자신들의 왕국인 프랑크 왕국을 세워 메르빙거 왕조(481년~751년)를 열었다. 그리고 508년에는 파리를 프랑크 왕국의 수도로 삼았다.

프랑크 왕국의 최전성기는 메르빙거 왕조를 이은 카롤링거 왕조(751년~843년) 때이다. 카롤링거 왕조의 샤를마뉴 대제(카롤루스 대제, 카를 대제)는 왕국의 전성기를 이끈 왕이다. 그는 800년에 교황의 도움으로 서로마 황제에 오르기도 했다.

그런데 샤를마뉴 대제 사후 프랑크 왕국은 아들들에 의해 동프랑크(오늘날 독일), 중프랑크(오늘날 이탈리아), 서프랑크(오늘날 프랑스) 세 곳으로 분리되었다. 이들 중 중프랑크는 동프랑크와 서프랑크에 흡수되었고, 이후 서프랑크는 바이킹 족의 침입으로 인해 100년이 넘는 시간 동안 혼란을 겪었다. 이 혼란을 잠재운 사람이 카페 왕조를 연 위그 카페이다.

그는 987년에 카페 왕조를 세워 프랑스 지역을 통치하기 시작했고, 파리는 다시 왕조의 중심 도시가 되었다. 카페 왕조 이후 프랑스를 통치한 발루아 왕조(1328년~1589년)와 부르봉 왕조(1589년~1792년, 1814년~1830년)는 모두 카페 왕조의 한 분파로 볼 수 있기 때문에 카페 왕조는 프랑스를 800년 넘게 통치한 최장수 왕조라 할 수 있다.

이후 파리는 카페 왕조의 성장과 함께 발전하기 시작했다. 12세기 말에 즉위한 필리프 2세는 도시의 성벽을 축조하고 중세 도시로서의 체제를 갖추기 위하여 노력했다. 특히, 루이 9세는 모든 부분에서 프랑스의 발전을 가져온 왕이다. 13세기 초에는 파리 대학을 만들어 학문을 장려했다. 파리 대학의 신학부는 신학자 로베르 드 소르봉의 이름을 따서 '소르본'이라 불리며 중세 유럽 학문의 중심지 역할을 했다.(현재에도 소르본은 파리를 대표하는 대학이며, 빅토르 위고와 파스퇴르, 퀴리부인 등이 이곳 출신 학생이다.) 루이 9세는 죽은 후에 가톨릭 성인으로 추대되었고, '성왕 루이 9세'로 불렸다.

1328년 카페 왕조의 샤를 4세가 후계자 없이 사망하자 카페 왕조는 막을 내렸고, 4촌 형제인 발루아가의 필리프 6세가 왕위에 올랐다. 그런데 이 발루아 왕조의 시작으로 프랑스는 영국과 백년 전쟁(1337년~1453년)을 벌이게 되었다. 당시 샤를 4세의 누이 이사벨라는 영국 왕 에드워드 2세와 결혼하여 에드워드 3세를 낳았다. 영국은 샤를 4세가 아들이 없이 죽자, 4촌보다는 이사벨라의 아들 에드워드 3세에게 왕위 계승권이 있다고 주장했다.

처음에는 왕위 계승 문제로 시작된 영국과 프랑스의 다툼은 이후 영토 분쟁으로 이어져 100년이 넘는 세월 동안 기나긴 전쟁으로 이어졌다. 백년 전쟁은 처음에는 영국에 유리하게 전개되었다. 하지만 15세기 초 잔 다르크라는 소녀의 등장으로 프랑스는 전세를 뒤집을 수 있었고, 마침내 기나긴 백년 전쟁은 막을 내리게 되었다.

그런데 파리는 16세기 후반 또 한 번 전쟁의 소용돌이에 들어가게 되었다. 이른바 종교 전쟁이라 불리는 위그노 전쟁 때문이다. 16세기 초에 있었던 종교개혁 후 가톨릭교는 신교(기독교)와 구교(가톨릭)로 분리되었는데, 위그노는 프랑스에서 신교를 믿는 사람들이었다. 이 위그노와 가톨릭 간의 다툼이 바로 위그노 전쟁이다. 샤를 9세는 종교적 갈등을 해소

하기 위해 여동생을 위그노의 나바르 왕에게 시집보냈는데, 이 결혼식에서 대규모 학살이 일어나면서 갈등은 더욱 고조되었다.

그런데 이 종교 전쟁은 왕조가 바뀌면서 끝나게 되었다. 샤를 9세의 뒤를 이은 앙리 3세는 후계자 없이 생을 마감하였고, 발루아 왕조는 막을 내렸다. 그리고 프랑스의 왕위는 1589년 위그노인 나바르 왕에게 계승되었는데, 그가 바로 부르봉 왕조의 창시자인 앙리 4세이다. 원래 위그노였던 앙리 4세는 종교 갈등을 극복하기 위하여 1598년 가톨릭으로 종교를 바꾸었고, 위그노들에게도 종교의 자유를 허용하면서 위그노 전쟁을 끝냈다.

앙리4세는 즉위 후 센 강 최초의 다리인 퐁네프 다리를 건설하고, 도로와 광장을 확장하는 등 도시 정비 사업에 심혈을 기울였다. 그리고 왕권을 강화하여 프랑스 절대왕정의 기초를 마련했다. 앙리 4세 이후의 왕들도 도시를 정비하는 데 힘을 썼고, 루이 13세 때에는 많은 성당과 건축물들이 파리에 건설되었다.

베르사유 궁전을 지었던 루이 14세는 초기에는 국내 산업을 육성하고, 해외 무역을 통하여 막대한 부를 축적하면서 프랑스를 강대국으로 만들었다. 그런데 베르사유 궁전을 짓는 데 막대한 돈을 지출하면서 국력은 약해졌고, 재정은 더욱 어려워졌다. 더구나 1774년 왕위에 오른 루이 16세는 궁전과 성당, 화려한 관청을 짓는 데 또 막대한 돈을 들였고, 나라의 재정은 거의 바닥에 이르렀다.

당시 파리는 카페 문화가 급속도로 발전하고 있었는데, 18세기경에는 700여 개의 카페가 파리에 존재했다고 한다. 사람들은 카페에 모여서 학문적 토론뿐 아니라 사회에 대한 문제점을 비판하면서 점차 의식적으로 변화되어 갔다.

결국 1789년 2월, 루이 16세에 대한 통치 불만과 보다 나은 사회를 갈망하는 파리 시민들은 바스티유 감옥을 습격하면서 혁명의 깃발을 올렸다.

이른바 프랑스 대혁명(1789년~1794년, 1799년까지 보는 경우도 있음.)이 일어난 것이다. 프랑스 대혁명의 영향으로 부르봉 왕조는 1792년 막을 내렸고(1814년 부르봉 왕조는 잠시 부활했는데, 1830년 7월 혁명으로 끝을 맺었음), 루이 16세와 그의 부인 마리 앙투아네트는 1793년에 단두대에서 처형되었다. 그리고 프랑스는 공화국으로 바뀌었다.

이후 프랑스는 나폴레옹이 등장하면서 다시 왕정으로, 1830년 7월 혁명과 1848년 2월 혁명으로 다시 공화정으로, 1852년 다시 왕정으로 바뀌는 등 혼란한 시기를 겪었다. 그러다가 1871년 파리 시민들은 무장 봉기를 하여 왕정을 무너뜨리고 자치정부(파리코뮌이라 함.)를 세웠다. 하지만 자치정부는 정부의 강압적인 진압으로 많은 사상자를 내고 곧 무너졌고, 프랑스는 이후 공화국으로 바뀌어 현재까지 이어지고 있다.

노트르담 대성당 이야기

노트르담 대성당은 센 강의 시테 섬에 위치해 있다. 12세기 고딕 양식의 걸작으로 꼽히는 성당이다. 노트르담은 프랑스 어로 '우리의 귀부인'을 뜻하는데, 여기서는 성모 마리아를 의미한다.

1163년 모리스 드 쉴리 파리 주교에 의해 공사가 시작되었고, 200년간의 공사 기간을 거쳐 14세기 중반에 완공했다. 그런데 성당은 18, 19세기 혁명의 시대 때 많은 부분이 파괴되었고, 내부는 말의 먹이나 음식물을 보관하는 장소로 사용되기도 했다. 현재의 모습은 19세기에 대대적인 복원 공사를 해서 이루어진 결과이다.

노트르담 대성당이 이렇게 다시 복원될 수 있었던 것은 소설가 빅토르 위고가 쓴 〈노트르담의 꼽추〉 덕분이다. 위고는 당시 심하게 파손되어 헐릴 위기에 처한 대성당을 보면서 안타까운 마음에 소설을 썼다고 한다. 위고의 소설은 사람들에게 경각심을 불러 일으켰고, 이후 성당을 살리자는 캠페인이 일어나면서 1845년부터 복원 작업이 이루어졌다.

노트르담 대성당의 입구에는 총 3개의 문이 있는데, 성모 마리아의 문, 최후의 심판 문, 성녀 안나의 문이 그것이다. 특히 성모 마리아의 문 벽면에는 잘린 목을 들고 서 있는 조각상이 하나 있다. 이 조각상은 250년경 처음으로 가톨릭을 전하다 순교한 생 드니(성 드니)이다.

3개의 입구 문 위에는 28개의 조각상이 일렬로 늘어서 있고, 다시 그 위에는 중앙에 지름 10미터의 장미창과 양쪽으로 높이 69미터에 이르는 두 개의 탑이 솟아 있다. 두 개의 탑에는 5개의 종이 달려 있다. '에마뉘엘'이라고 불리는 남쪽 탑에는 무게 13톤의 거대한 종이 달려 있고, 나머지 4개의 종은 북쪽 탑에 위치해 있다.

대성당 내부의 창은 스테인드글라스로 아름답게 장식되어 있다. 유리를 통과하는 빛의 색깔이 매우 아름다워서 '장미창'이라고 불린다. 내부에는 이런 장미창이 3개나 있다. 그 중에서 서쪽에 있는 장미창은 1210년 경에 제작된 것이고, 남쪽과 북쪽에 있는 장미창은 지름이 무려 13미터에 이른다.

노트르담 대성당은 또 많은 역사적 사건의 무대가 되기도 했다. 1445년 잔 다르크의 명예회복 재판이 열린 장소이며, 앙리 4세가 종교 분쟁을 종식시키기 위해 정략결혼을 올린 장소이며, 나폴레옹 1세가 대관식을 올린 장소이다. 그리고 드골 장군과 미테랑 대통령의 장례식도 이곳 대성당에서 거행되었다.(노트르담 대성당은 2019년 4월 15일 화재가 발생하여 첨탑과 지붕이 붕괴되었다. 현재 국민 성금으로 복구 공사가 진행 중이다.)

아버지는 이제 한 가지 소원만 남았다

– 여행 마친 후

파리 공항에서 한국행 비행기는 저녁 7시 출발 예정이었다. 사실, 전날 파리에 내린 폭설 때문에 비행기가 뜰 수 있을지 조금 걱정했다. 다행히 오늘은 날씨가 맑아서 비행기가 뜨는 데는 문제가 없었다.

아버지는 여행 마지막이 다가오자 조금 초조한 것 같았다. 농사 준비 때문이리라. 한국에 도착하더라도 시차 때문에 고생할 일은 없을 것 같았다. 일이 바쁘니 몸은 고단할 것이고, 고단하면 시차 적응은 자연스럽게 될 것이기 때문이다.

파리에서 저녁 7시에 출발한 비행기는 11시간을 날아 다음 날 오후 2시경 인천 공항에 도착했다. 파리 출발 시각으로는 19시간 만에 도착한 것이다. 시차 때문에 8시간을 잃어버렸다. 여행 출발할 때 그 시간을 벌었으니 결과적으로 손해 본 것은 없다.

공항 수속을 마치고 나오니 오후 3시가 넘어가고 있었다. 오늘은 아들 집에서 자고 내일 아침 일찍 내려가도 될 텐데, 아버지는 마음이 급한 모양이었다. 아버지는 곧장 공항에서 동서울터미널로 가는 버스를 탔다. 내가 사는 일산과는 정반대 방향이라 아버지 혼자 갈 수밖에 없었다. 동서울터미널이 종점이니 잘못 내릴 일은 없었다.(지금은 일산에서 시골 가는 직통 버스가 생겼다.)

아버지를 버스에 태워 보내고 나니, 비로소 모든 여행이 끝났다는 생각이 들었다. 아버지와의 여행을 잘 끝마쳤다는 이야기를 SNS에 올렸더니, 역시 많은 사람들이 축하 인사를 보내 주었다.

여행 중간 중간에도 아버지와 찍은 사진을 SNS에 올렸었다. 사진을 올릴 때마다 많은 사람들이 응원을 보내 주었었다.

참으로 값진 여행이었다. 특히, 아버지는 평생의 소원 한 가지를 이루었다. 아버지의 소원 성취에 아들인 내가 함께했다는 것도 기분 좋았다. 태어나서 처음으로 효자 소리를 들을 수 있어서 참 좋았다. 무엇보다 아버지와 단 둘이서 12일 동안 아무 탈 없이 잘 보낼 수 있어서 행복하고, 감사했다.

누군가 또 아버지와 함께 여행을 할 것이냐고 묻는다면 나는 언제나 '예스'를 외칠 것이다. 아버지는 아직 연세에 비해서 건강하고, 먹는 것, 자는 것 어떤 어려움도 없다. 그러니 내가 불편해 할 이유는 아무것도 없다.

한 가지 바람이 있다면 내가 함께하지 않더라도 언제든지 여행을 갔으면 좋겠다. 어머니와 함께하는 여행이면 더 좋겠다. 어머니의 건강 때문에 그게 가능할지는 모르겠다.

아버지는 첫 여행을 무사히 잘 마쳤다. 처음이 힘들지 한 번 경험하면 그 다음은 쉬운 법이다. 지금처럼만 잘 관리하면 여든이 넘어서도 여행하는 데는 별 문제가 없으실 것 같다.

첫 여행은 잘 마쳤지만 아버지에게는 한 가지 소원이 더 남았다. 그 소원은 예수님이 태어나고 돌아가신 나라 이스라엘 방문이다. 나도 아직 이스라엘은 가보지 못했다. 아버지의 두 번째 소원에도 아들인 내가 함께했으면 좋겠다.

이스라엘 여행은 지금처럼 일반 패키지여행이 아닌 성지순례로 가는 것이 좋다. 물론 이스라엘 성지순례도 마음만 먹으면 언제든지 가능하다. 가톨릭 관련 여행사들이 성지순례 상품을 많이 판매하고 있기 때문이다. 한 가지 단점은 성지순례 비용은 일반 패키지여행의 두 배라는 점이다.

여행을 좋아하는 사람들은 여행에서 돌아오자마자 곧바로 다음 여행을 계획한다고 한다. 아버지의 다음 여행지는 당연히 이스라엘이 되어야 한다. 문제는 시기다. 언제쯤 아버지와 함께 이스라엘을 갈 수 있을지 지금으로서는 아무것도 장담할 수 없다.

하지만 바라고 바라면 이루어진다고 하지 않던가? 아버지와 나는 늘 이스라엘 여행을 바라면서 생활할 것이다.(첫 여행으로부터 3년이 지난 2016년 4월 아버지와 함께 이스라엘 성지순례를 다녀왔다. 다음 장에 아버지와 함께한 이스라엘 성지순례 이야기가 나온다.)

시골 농부의 두 번째 소원, 아들과 이스라엘 · 이탈리아 성지를 가다 ● 여행의 맛을 안 시골 농부, 가족과 캄보디아 앙코르와트에 가다 ● 여행 쫌 아는 시골 농부, 가족과 중국 태항산에 오르다 ● 여행이 제일 쉬운 시골 농부, 아들과 일본 북해도에 가다 ● 여행을 즐기는 시골 농부, 가족과 홍콩 · 마카오에 가다 ● 행복한 여행자, 동생과 중국 장가계에 오르다

P·A·R·T 2

시골 농부의 해외여행 이력서

▲ 예루살렘 시내 전경

시골 농부의 두 번째 소원, 아들과 이스라엘·이탈리아 성지를 가다

- 일정 : 2016년 4월 4일(월) ~ 4월 15일(금)
- 여행 국가 : 이탈리아, 이스라엘
- 주요 관광지 : 로마, 아씨시, 몬테카시노, 나자렛, 갈릴래아, 베들레헴, 예루살렘 등
- 동행 : 아버지와 나

아버지는 일흔을 훌쩍 넘긴 나이에 꽤 많은 곳을 여행했다. 그 첫 포문은 아버지 나이 일흔셋에 아들과의 서유럽 6개국 12일 여행이었다. 아버지는 평생의 소원 두 가지 중 한 가지를 이 여행에서 이루었다. 성 베드로 대성당을 보았을 때의 감동과 희열, 환희와 영광은 아버지 평생 결코 잊지 못할 추억이 되었을 것이다.

아버지는 첫 해외여행으로 여행의 맛을 제대로 보았다. 한 번 맛있는 걸 먹어본 사람은 그 맛을 잊지 못한다. 다시 한 번을 외칠 수밖에 없다. 평생을 농부로 산 아버지는 첫 여행 후 당신의 인생에 조금의 여유와 선물도 주고 싶었을 것이다.

아버지는 첫 여행 후 3년 만에 당신의 인생에 여유와 선물을 주었다. 그건 아버지의 소원이기도 했다. 아버지의 두 번째 여행이 이렇게 빨리 올 줄은 몰랐다. 아마도 아버지와 나의 간절한 기도 덕분이었으리라.

2016년 초, 내가 다니고 있는 일산 주엽동 성당에서 이스라엘 성지순례를 간다는 공지가 있었다. 아버지가 그렇게 가보고 싶어 하는 이스라엘을 갈 수 있는 좋은 기회였다. 날짜를 보니 4월 초였다. 아버지가 시간을 내기에는 조금 애매한 일정이었다. 1년 농사를 준비하는 시기였기 때문이다.

아버지는 이스라엘 성지순례 이야기에 잠시 망설이더니 곧바로 승낙했다. 잠시 망설인 것은 농사 일정을 생각한 것이고, 바로 승낙을 한 건 그만큼 이스라엘을 가보고 싶은 마음이 간절했다는 뜻이다.

농부는 농사짓는 것을 제일 중요한 것으로 여긴다. 농사가 항상 첫 번째이고, 농사 이외의 것은 그 다음이다. 아버지는 농사보다 이스라엘 성지순례를 더 우선 순위로 생각했다. 이건 정말 대단한 일이고, 어려운 결정이다. 다른 농부들은 상상도 못할 일이다. 하지만 아버지는 그런 어려운 결정을 했다.

앞으로는 아버지가 이런 결정을 자주 했으면 좋겠다. 농사가 첫 순위가 아니라 두 번째, 세 번째 순위가 되기를 바란다. 이제 그럴 시기가 되었다.

아버지의 두 번째 여행에도 아들인 내가 함께했다. 어머니가 함께하지 못한 것은 역시 어머니의 건강 때문이었다. 장거리 여행과 긴 일정에 어머니는 자신 없어 했다. 아버지는 어머니와 함께하지 못한 것을 못내 아쉬워했지만 당신의 소원을 포기하지는 않았다.

이번 여행은 모든 게 잘 맞아 떨어진 여행이었다. 이스라엘에서 7일, 이탈리아에서 5일을 보내는 일정이었지만 3년 전 이탈리아 여행 일정과 겹치는 곳은 거의 없었다. 이탈리아에서의 일정은 가톨릭 성지를 중심으로 짜였기 때문이다. 성 베드로 대성당과 트레비 분수 정도가 겹치는 곳이었다.

그런데, 성 베드로 대성당 방문은 겹치는 곳이었지만 또 겹치지 않는 곳이기도 했다. 교황 선출 장소인 시스티나 성당을 볼 수 있었기 때문이다. 지난번 방문에서는 교황 선출 때문에 시스티나 성당을 볼 수 없었는데, 이번 여행에서 그 성당을 볼 수 있게 된 것이다.(시스티나 성당 안에 들어갔을 때의 그 감동과 희열은 지금도 잊을 수가 없다.)

아버지의 두 번째 여행도 첫 여행과 크게 다르지 않았다. 여행 전날 아버지를 모시러 시골에 내려갔고, 아버지 짐을 싸서 일산으로 왔다. 첫 여행 때보다는 모든 게 수월했다.

성지순례는 서른 분 정도가 함께했다. 아버지보다 연세가 많은 할머니도 한 분 있었다. 더 놀라운 건 할머니 혼자 성지순례에 참가했다는 사실이다. 건강하니 가능한 일이었다.

첫 여행에서 들었던 효자 소리를 또 들었다. 부자(父子) 여행은 역시 쉬운 일은 아닌 모양이다. 부자 여행이라는 이유 하나만으로 나는 효자가 되었다. 일행 모두가 아버지와 나를 진심으로 응원해 주었다.

이번 여행은 성지순례라서 그런지 여행 내내 엄숙함이 있었다. 매일 유명한 성당에서 미사를 드리고, 기도하고, 묵상하는 시간을 가졌다. 독실한 가톨릭 신자인 아버지는 오히려 이런 시간을 참 좋아했다.

아버지는 이스라엘 땅에 도착하자 많이 초조해 보였다. 당신이 믿는 종교의 뿌리이자, 중심지에 와서 그런 것도 있었지만 이곳이 분쟁의 중심에 있는 곳이었기 때문이다. 이스라엘은 팔레스타인과의 갈등으로 나라 전체가 늘 긴장 속에 있다. 도시 곳곳에서 이런 갈등의 모습은 자주 나타나고, 그런 까닭에 무장한 군인들을 자주 볼 수 있다.

사랑과 평화의 예수님이 태어나고 돌아가신 땅이 가장 갈등이 심한 땅이라는 사실이 믿기지 않는다. 이스라엘은 팔레스타인과의 분쟁 외에도 이슬람교, 유대교와의 갈등도 상당한 곳이다. 가톨릭, 이슬람교, 유대교는 모두 하느님을 믿는 종교임에도 그 믿는 방법은 차이가 있다. 그 차이가 세 종교의 갈등을 야기하고 있다.

세 종교의 주된 가르침은 하느님의 사랑일 것이다. 사랑을 가장 먼저 실천해야 할 종교의 중심지가 가장 갈등이 심한 땅이라는 사실은 종교에 대한 회의와 무능을 보여 주는 것 같아 늘 안타깝다. 하루 빨리 하느님의 사랑이 이 땅에 내려 앉아 평화의 지대가 되기를 바라본다.

◀ 예수님이 탄생하신 장소는 '은으로 만든 별'로 그 위치를 말해 주고 있다. 현재 예수님이 탄생하신 장소에는 '예수님 탄생 성당'이 세워져 있고, 그 성당 밑에 탄생 동굴이 있으며, 그 탄생 동굴에 '은으로 만든 별'이 있다.

예수님이 태어나신 곳은 이스라엘 베들레헴 땅의 어느 마구간이지만 지금 그곳은 작은 굴 안에 별 표식으로만 되어 있다. 순례객들은 그 별 표식에 손을 넣어 만져 보고, 잠시 묵상하는 것으로 예수님에 대한 예의를 표한다. 수많은 사람들이 줄을 서서 순서를 기다리고 있기 때문에 한 사람에게 많은 시간은 주어지지 않는다. 사람들이 많을 때는 두 시간 이상을 기다려야 한다.

예수님의 탄생 장소를 보기 위해 기다리는 시간은 성 베드로 대성당을 보기 위해 기다리는 시간과는 다른 느낌이었다. 성 베드로 대성당은 기대와 설렘이었다면 이곳 베들레헴은 뭔가 모르게 엄숙함과 경건함이 엄습해 왔다. 예수님의 탄생 장소가 작은 굴 안의 별 표식으로 되어 있는 것도 그런 엄숙함과 경건함을 조성하는 것 같았다.

아버지도 엄숙함을 유지한 채 차례가 오자 별 표식에 손을 얹고 잠시 묵상을 드렸다. 아버지는 평생 이 순간을 기다렸다. 이스라엘 땅을 밟아 보는 게 아버지의 두 번째 소원이지만 그 중에서 예수님의 탄생 장소와 무덤 장소는 가장 중요한 곳이다.

묵상을 마친 아버지의 얼굴은 조금 붉어졌다. 흥분된 모습이었다. 예수님의 탄생 장소를 보고 싶은 것은 막연하게 바라고 바란 일이지만 실제 그 바람이 이루어지리라고는 생각하지 못했을 것이다. 오랜 바람이 이루어졌으니 어찌 흥분되지 않겠는가? 나 또한 아버지처럼 흥분되기는 마찬가지였다.

예수님의 탄생 장소를 보고 난 뒤 마음속에는 작은 변화의 물결이 이는 것 같았다. 성지순례의 장점은 이런 게 아닐까 생각되었다. 아버지도 그런 생각이 들었을 것이다.

이스라엘 곳곳은 예수님의 발자취가 남아 있는 곳이다. 가는 곳마다 기도와 묵상을 하며 시간을 보냈다. 그 중에서 당연 으뜸은 태어나신 장소와 돌아가신 무덤 성지였다. 예수님이 돌아가신 무덤 성지에도 많은 사람들이 참배를 기다리고 있기 때문에 줄을 서서 몇 시간을 기다려야 한다. 순례객들은 작은 문을 통과하여 예수님이 묻혀 있는 관에다가 묵상과 기도를 드리고 바로 나와야 한다.

예수님의 무덤 성지도 탄생 장소와 마찬가지로 엄숙함과 경건함으로 가득 찼다. 무덤 성지는 오히려 그 엄숙함과 경건함이 더했다. 가톨릭에서는 예수님의 탄생보다는 죽음과 부활을 더 중요하게 생각하고 있다. 그런 까닭에 이곳 무덤 성지는 가톨릭 성지 중에서 최고의 의미를 지닌 곳이라고 볼 수 있다.

무덤 성지는 그 옛날 예수님이 십자가에 못 박혀 돌아가신 아픔의 장소이자, 사흘 만에 부활한 환희와 영광의 장소이기도 하다.

오랜 기다림 끝에 아버지와 나는 예수님의 무덤에 들어가 묵상을 드렸다. 아버지는 평생 이 순간을 기다렸다. 그리고 그

기다림은 비로소 이루어졌다. 무덤의 방은 죽음의 장소이지만 그 방을 나오면 곧바로 부활의 장소가 된다. 죽음과 부활은 서로 연결되어 있다.

아버지와 나는 오늘 예수님의 탄생과 죽음, 부활을 모두 경험했다. 특히, 무덤 성지에서는 다음 날 새벽 미사도 드릴 수 있었다. 나는 예수님이 부활하여 직접 미사를 집전하는 상상을 해보았다. 내 평생 가장 황홀한 시간을 보낸 것 같았다.

이로써 아버지는 당신의 두 가지 소망 모두를 이루었다. 아버지에게 이제 다른 소원은 없을 것이다. 가톨릭 신자로서 이스라엘 성지와 이탈리아 성지 모두를 보았으니 그럴 만도 했다. 그건 나도 마찬가지다. 아버지 덕분에 두 곳 모두를 이른 나이에 경험했다.

아버지는 이스라엘에서 소원을 이루었다는 행복함보다는 어떤 사명감을 느꼈을지도 모른다. 아버지의 삶에서 신앙은 중요한 부분을 차지하고 있다. 아버지는 이스라엘에서 당신의 삶을 다시 한 번 되돌아보았을 것이고, 앞으로의 삶에서도 신앙을 제일 중심에 두기로 다짐했을 것이다. 그것은 예수님의 가르침, 사랑의 실천이다. 그러니까 아버지의 두 번째 소원 성취는 완성이 아니라 시작이 되는 셈이다.

나에게도 이번 여행은 특별한 의미가 있었다. 아버지의 두 번째 소원에 함께했다는 것도 있지만 개인적인 바람도 이루

▲ 예수님 무덤 성당 안 무덤 입구에서 미사 드리는 모습. 무덤 입구를 들어가면 예수님이 묻히신 작은 석관이 나오는데, 순례객들은 잠시 들어가서 기도를 드리고 나올 수 있다. 순례객들이 많아 이곳 무덤 성당에는 줄을 서서 한참을 기다려야 한다.

었기 때문이다. 한 번 가기도 힘들다고 하는 로마의 성 베드로 대성당을 두 번씩이나 갈 수 있었고, 첫 번째 방문에서 볼 수 없었던 시스티나 성당을 두 번째 방문에서 볼 수 있었다.

나는 아버지가 많은 곳을 다녔으면 좋겠다. 두 가지 소원을 모두 이루었으니, 더 이상 다니지 않을까 봐 그게 걱정이다. 하지만 나의 이 생각은 기우였다. 아버지는 여행의 맛을 알았다. 세계는 넓고 볼 곳은 많았다.

물론 아버지의 관심은 가톨릭 성지이다. 유럽 지역은 중세 시대 가톨릭의 지배권이 강했기 때문에 성지가 많다. 스페인도 가톨릭 국가이고, 터키 지역도 동로마 제국 시대 가톨릭 유적지가 많다. 아버지는 이제 스페인과 터키를 보고 싶어 한다. 언제 그곳을 갈 수 있을지는 아무도 모른다. 하지만 마음만 있으면 언제든지 가능한 일 아닌가? 아버지는 여행의 맛을 알았으니까.

여행의 맛을 안 시골 농부, 가족과 캄보디아 앙코르와트에 가다

- 일정 : 2016년 11월 16일(수) ~ 11월 20일(일)
- 여행 국가 : 캄보디아
- 주요 관광지 : 씨엠립, 앙코르와트, 앙코르톰, 톤레샵 호수 등
- 동행 : 아버지, 어머니, 형, 형수, 누나, 아내, 조카 2명, 나

아버지의 세 번째 여행은 예상 외로 빨리 다가왔다. 이스라엘을 다녀온 지 불과 7개월 후에 이루어졌다. 세 번째 여행은 더 특별함이 있었다. 처음으로 어머니가 함께했고, 또한 온 가족이 함께한 여행이었다.

어머니는 별로 가고 싶지 않은 눈치였지만 가족 여행이라 마지못해 승낙했다. 기간이 짧은 것도 어머니가 여행에 동참

▲ 앙코르와트 유적지

하는 데 한몫했다. 여행지는 캄보디아 앙코르와트 유적지였다.

앙코르와트는 캄보디아 서북부에 있는 돌로 만든 사원이다. 이 사원은 12세기 초에 건축되었는데, 당시 크메르 제국의 왕이었던 수리아바르만 2세가 최고의 신인 비슈누 신에게 바치기 위해 세운 건축물이다. 수리아바르만 2세는 자신의 유해를 안치함으로써 최고 신인 비슈누 신과 동일시되려는 마음에서 이 사원을 건축했다.

앙코르와트는 '사원의 도시'라는 뜻이다. 이곳 앙코르 유적지에는 9세기부터 14세기 사이에 동남아시아 지역에 영향을 미쳤던 크메르 제국의 예술품들이 많이 분포되어 있다. 그런 까닭에 앙코르와트는 1992년 세계 문화유산에 등록되었다.

수리아바르만 2세는 앙코르와트를 자신의 통치 시기부터 짓기 시작했지만 자신이 죽을 때까지도 완성하지 못했다. 벽과 해자로 둘러싸여 있는 사원 건물들은 왕을 비슈누 신으로 묘사한 조각들로 장식되어 있고, 왕이 군대를 사열하는 등 군주로서의 역할을 수행하는 장면들도 묘사되어 있다.

앙코르와트 유적지는 밀림 속에 갇혀 있어서 거의 400년 동안이나 아무도 발견하지 못했다. 19세기 초 프랑스의 박물학자 알베르 앙리 무오가 발견하여 비로소 세상에 알려졌다. 무오는 이곳을 보고는 고대 그리스 인이나 로마 인이 남긴 어떤 것보다 위대하다고 격찬했다.

앙코르와트를 가족 여행지로 정한 것은 순전히 나의 뜻이었다. 예전부터 앙코르와트 유적지에 대한 갈망이 있었기 때문이다. 어머니에게는 별로 좋은 여행지가 아니었지만 온 가족이 처음으로 함께한다는 데 의미가 있었다. 아들과 딸, 며느리, 그리고 손자, 손녀까지 함께할 수 있었으니 아버지, 어머니에게는 무척이나 즐겁고 행복한 일이었다.

넓은 앙코르와트 유적지를 걸어서 둘러보는 일은 어머니에게는 조금 힘든 일이었다. 날씨도 더웠고, 음식도 입에 맞지 않았다. 그럼에도 어머니는 모든 걸 잘 감내했다. 첫 가족 여행이었기 때문이다.

그런데, 돌아오는 비행기 안에서 어머니는 엄청난 공포를 경험하고 말았다. 캄보디아 여행을 마치고 돌아오는 비행기는 심한 난기류를 만나서 30분가량 엄청난 곡예비행을 했다. 어머니는 그 시간 동안 태어나서 처음으로 극심한 죽음의 공포를 체험했다.

어머니를 제외한 나머지 가족들은 모두 곡예비행을 전혀 눈치채지 못했다. 모두들 몸이 피곤하여 깊은 잠에 빠진 탓이다. 어머니는 예민한 성격 탓에 비행기에서 잠도 주무시지 못하고 홀로 공포를 체험한 것이다.

비행기가 비행 중 난기류를 만났을 때는 아무리 간이 큰 사람도 겁을 먹기 마련이다. 원래부터 겁이 많았던 어머니는 비행기 안에서 홀로 엄청난 공포를 경험했던 모양이다. 즐겁고 행복해야 할 여행이 결과적으로 어머니에게는 공포 체험이 되었다. 가족 여행은 더 이상 없을 것이라고 생각했다. 그런데, 그런 일이 있고 난 뒤 7개월 후에 우리 가족은 어머니와 함께 또 해외여행을 갈 수 있었다.

여행 쫌 아는 시골 농부, 가족과 중국 태항산에 오르다

- 일정 : 2017년 6월 26일(월) ~ 6월 29일(목)
- 여행 국가 : 중국
- 주요 관광지 : 태항산, 팔천협, 천계산, 만선산 등
- 동행 : 아버지, 어머니, 형, 형수, 누나, 아내, 조카 2명, 나

아버지의 네 번째 여행도 어머니와 함께한 가족 여행이었다. 어머니는 다시는 비행기를 타지 않겠다고 말했지만 자식들의 끈질긴 설득에 다시 비행기를 탔다. 가족이라는 울타리는 공포도 이겨 내는 힘이 있었다.

이번 여행도 우리 부부가 추진한 것이었지만 뒤에는 아버지의 힘이 있었다. 이제 아버지에게 해외여행은 일상이 되었다.

아버지는 몇 번의 해외여행으로 여행 좀 아는 시골 농부가 되어 있었다.

그런데, 이번 여행은 우리 부부가 큰 실수를 저지른 여행이 되고 말았다. 여행지 선택을 잘못한 것이다. 지인의 말만 듣고 중국 태항산으로 여행지를 정한 것이 큰 실수였다. 지인은 중국 태항산이 경치도 빼어나고 걷는 구간도 많지 않다며 우리 부부에게 적극 추천했다.

중국 태항산 여행은 완전히 등산 코스였다. 지인이 다녀온 여행 코스와 우리의 여행 코스가 달랐는지는 잘 모르겠지만

▲ 태항산 정경

태항산은 젊은 사람들에게도 힘든 곳이었다. 걷는 구간도 많고, 위험스러운 구간도 많았다. 몸이 불편한 어머니에게는 그야말로 최악의 여행지였던 셈이다.

태항산은 중국 중북부 산시 성과 허난 성의 경계를 이루는 400킬로미터 길이의 산맥이다. 중국의 그랜드캐니언이라는 별명이 붙여져 있다. 미국의 그랜드캐니언은 나무 한 그루 없는 지형이지만 이곳은 나무가 자라고 있다는 게 큰 차이점이다.

산맥 끝자락에 소재한 팔천협, 홍두협, 흑룡담, 청룡협, 자단산 등 5곳의 주요 관광 지구를 태항산 대협곡이라고도 부른다. 또 만리장성의 일부가 이 산맥의 동쪽 기슭을 따라 남북으로 뻗어 있다.

'태항산을 넘는 길'이라는 말이 있다. 이 말은 인생의 좌절을 상징하는 시적 표현인데, 이는 태항산이 산시 성과 허난 성의 교통에 커다란 장애물이 된 것에서 유래된 말이다. 또 태항산과 관련된 고사성어도 하나 있다. '우공이산(愚公移山)'은 '어떤 일이든 꾸준히 노력하면 결국 뜻을 이룰 수 있다.'는 뜻을 지닌 고사성어인데, 여기에 등장하는 산이 태항산을 의미한다고 한다.

여하튼 태항산은 중국의 그랜드캐니언이라는 별명이 붙은 것처럼 빼어난 경관을 자랑하는 곳이다. 힘들게 산을 오르고, 위험한 구간을 걸어야 하지만 정상에서 바라보는 경관은 감탄이 절로 나온다.

어머니는 멋진 경치를 감상할 여유도 없이 불편한 몸으로 그 힘든 일정을 잘 참아냈다. 감사하고 고마웠다. 한편으로, 어머니가 대단하다는 생각도 들었다. 불편한 몸으로 이렇게 힘든 일정을 모두 소화했으니, 앞으로 다른 여행은 쉽게 할 수 있을 것도 같았다. 태항산보다 더 힘든 여행지는 없을 테니까.

그런데, 이건 나의 착각일 수도 있다. 어머니는 죽을 만큼 힘들었지만 가족을 위해서 안간힘을 쓴 것일지도 모른다. 어머니에게는 즐겁고 행복한 여행이 아닌 것이다.

힘들었지만 무사히 태항산 여행을 마칠 수 있어서 감사했다. 돌아오는 비행기는 다행스럽게 난기류를 만나지 않아서 편안했다. 어머니는 지난번 공포를 느끼지 않고 무사히 집에 돌아올 수 있었다.

많은 사람들이 부모님 모시고 해외여행 가는 걸 효도라고 생각한다. 나와 형제들도 그런 생각을 가지고 있다. 여기에는 다른 사람들에게 자랑하고픈 마음도 조금은 있었을 것이다. 진정 부모님을 위한 효도가 무엇인지는 잘 모르면서 말이다. 어머니를 생각하니 이런저런 생각이 든다.

태항산 여행은 두 번째 가족 여행이라는 의미는 있었지만 어머니에게는 가장 힘든 여행이 되고 말았다.

여행이 제일 쉬운 시골 농부, 아들과 일본 북해도에 가다

- 일정 : 2018년 2월 24일(토) ~ 2월 27일(화)
- 여행 국가 : 일본
- 주요 관광지 : 삿포로, 오타루, 도야, 노보리베쓰
- 동행 : 아버지, 나

아버지는 완전히 여행에 빠져들었다. 이스라엘 성지순례를 다녀 온 후, 해마다 해외여행을 갔다. 처음에는 두 가지 소망 때문에 여행을 갔지만 그 두 가지 소망을 이룬 뒤로는 여행을 즐기는 것 같았다.

태항산 여행을 다녀오고 나서 몇 개월이 지난 2017년 11월경 아버지에게서 전화를 받았다. 2018년 2월 말에 시골 성당

에서 일본 북해도 성지순례를 간다는 얘기였다. 시골 성당에서 추진하는 성지순례라서 마음이 동한 모양이었다. 아버지는 어머니와 함께 가려고 2명 예약을 해 놓았다고 했다. 어머니에게 성지순례를 경험하게 해 주려는 것이다.

그런데, 북해도로 성지순례를 간다는 말에 조금 의아했다. 일본도 처음 가톨릭교가 전래되었을 때는 박해가 심했다. 박해의 중심지는 원자폭탄이 떨어졌던 나가사키 지역이었다. 나가사키 성지순례는 많았지만 북해도 성지순례는 처음 들어보았다. 아마도 시골 성당에서 성지순례라는 이름으로 북해도 여행을 계획한 듯 보였다.

아버지는 지난번 이스라엘 성지순례가 너무나 마음에 들었기 때문에 성지순례는 다 참석하고 싶어 했다. 이번에는 기간도 3박 4일로 짧고, 비용도 적게 들었기 때문에 어머니와 함께 하고 싶었던 모양이다.

하지만 어머니는 북해도 여행을 한 달 정도 남겨 둔 시점에 여행 포기를 선언했다. 여행 자체도 부담스러웠지만 아버지와 둘이서 간다는 게 어머니에게는 큰 불안 요인이었다. 아버지가 다정다감하게 어머니를 챙길 성격이 아니란 걸 어머니는 알고 있었던 것이다.

북해도는 나도 가보고 싶은 여행지 중 한 곳이었다. 처음에 아버지 전화를 받았을 때는 아버지, 어머니와 함께 갈 까도 생각했었다. 며칠 고민을 하다가 두 분이서만 가는 것도 좋을 것 같아서 함께 가는 것은 포기했던 것이다.

여행 포기를 선언한 어머니를 다시 설득해 보았다. 내가 함께 간다고 해도 어머니는 생각을 바꾸지 않았다. 어머니가 간다고만 하면 나는 어머니를 업고라도 다닐 생각이었다. 지난번 여행이 너무 죄송했기 때문이다.

결국 어머니 고집을 꺾지 못했다. 이렇게 해서 계획에 없었던 아버지와의 북해도 여행이 결정되었다. 북해도 여행은 아버지의 다섯 번째 여행이고, 아들과 함께하는 여행으로는 세 번째가 된다.

북해도(홋카이도)는 일본을 구성하고 있는 네 개(혼슈, 큐슈, 시코쿠, 홋카이도)의 큰 섬 중 가장 북쪽에 위치한 섬이다. 혼슈가 가장 큰 섬이고, 홋카이도는 그 다음으로 큰 섬이다. 일본 국토의 약 23%를 차지하고 있지만 인구는 전체의 4% 정도만 살고 있다.

북해도는 자연 그대로의 상태를 유지하고 있어서 맑은 공기, 맑은 물을 만날 수 있는 곳이다. 또한 농업, 어업, 축산업의 중심지이기 때문에 음식이 맛있는 곳으로도 유명하다. 또 이곳은 관광지로도 유명하다. 여름에는 시원한 기후와 라벤더 꽃을, 겨울에는 스키와 스노보드, 눈 축제를 즐길 수 있고, 사계절 즐길 수 있는 온천도 있다.

▲ 북해도 정경

북해도 여행의 중심지는 주도인 삿포로이지만 하코다테, 오타루, 노보리베쓰, 도야 등도 인기 있는 여행지이다.

아버지에게 이제 여행은 제일 쉬운 일 중 하나였다. 공항에서 어떤 수속을 밟아야 하는지, 도착지에서는 어떤 수속이 기다리고 있는지도 알았고, 호텔 생활도 편안한 듯 보였다. 여행 초보자의 모습은 보이지 않았다.

성지순례라는 이름으로 간 여행이었지만 예상한 대로 관광이 주가 된 여행이었다. 맛있는 음식을 먹고, 유명 온천지에서 온천욕도 즐겼다. 그래도 성지순례였기 때문에 하루에 한 번 성당에서 미사를 드렸다.

일본의 성당은 규모가 작았다. 가톨릭 신자가 많지 않은 탓이다. 성당 규모는 작았지만 참 예쁜 성당이었다. 우리나라의 시골 성당 모습이었다.

아버지와 함께 온천을 한 것도 좋았고, 멋진 호수를 바라보면서 맥주 한 잔 하는 시간도 무척이나 즐거웠다. 어머니와 함께 오지 못한 것이 많이 아쉬웠다.

여행을 즐기는 시골 농부, 가족과 홍콩·마카오에 가다

- 일정 : 2018년 9월 1일(토) ~ 9월 4일(화)
- 여행 국가 : 중국
- 주요 관광지 : 홍콩, 마카오, 심천
- 동행 : 아버지, 어머니, 형, 형수, 아내, 나

아버지와 일본 북해도 여행을 다녀오고 나서 얼마 지나지 않은 때였다. 형이 회사에서 보너스를 탔다면서 가족 여행을 제안했다. 마다할 이유가 없는 아주 반가운 소식이었다. 문제는 어머니를 설득하는 일이었다. 어머니는 북해도 여행도 포기했기 때문에 어머니를 모시고 다시 여행을 간다는 건 쉽지 않은 문제였다.

일단 어머니를 위한 여행지를 물색해 보았다. 힘들지 않고, 편안하게 쉴 수 있는 여행지를 찾았다. 그렇게 해서 정한 곳이 홍콩 · 마카오였다.

홍콩은 일찍이 영국에 의해 발전한 도시였다. 영국이 오랫동안 식민지 도시로 운영해 왔기 때문에 동양에서는 가장 발전한 도시였다.

홍콩은 원래 중국 땅이었다. 1839년 제1차 아편 전쟁이 터졌을 때 중국(당시 청나라)은 영국에게 패배를 당했고, 전쟁 이후 맺어진 '난징 조약'에 따라 홍콩은 영국에 할양되었다.

1860년대에는 홍콩 인근의 여러 섬과 최남단 주룽반도가 다시 영국에 할양되었다. 영국은 1898년에는 신계(중국 본토 근해의 235개 섬과 주룽반도에서 선전 강 사이의 육지를 포괄하는 지역) 지역에 대해 99년간의 조차권(일정 기간 동안 빌려서 통치하는 것)을 얻었다.

이때부터 홍콩은 영국의 통치를 받으며 무역 중심지로 성장하기 시작했다. 제2차 세계대전 이후 중국 본토가 공산주의 세력이 된 뒤에는 많은 이민자들과 중국의 기업가들이 홍콩으로 몰려들었다.

1970년대부터는 중국과의 관계가 개선되면서 전자, 금융, 무역 등이 급속도로 발전했고, 아시아의 작은 용이라 불리면서 경제와 문화를 선도하는 도시가 되었다.

이렇게 발전한 홍콩은 1997년 7월 영국과 맺었던 99년간의 조차 기간이 끝나고, 다시 중국에 반환되었다. 중국은 다시 얻은 홍콩에 대해 향후 50년간 홍콩의 체제를 유지한다고 발표했다.

마카오 역시 원래는 중국 땅이었는데, 오랫동안 포르투갈의 식민 지배 아래에 있었다. 1513년 포르투갈의 범선이 처음 이곳에 닻을 내린 이래 포르투갈 인들이 자주 마카오로 왔고, 1553년 중국과 정식 교역이 이루어지면서 마카오는 포르투갈의 중요한 화물 집산지가 되었다.

1888년 마카오는 포르투갈의 식민지가 되었고, 1999년 12월에 다시 중국으로 반환되었다. 홍콩과 마찬가지로 향후 50년 동안은 1국가 2체제의 적용을 받는 특별행정구가 되었다.

현재 마카오는 카지노 산업을 바탕으로 비약적인 발전을 이룬 도시가 되었다. 뿐만 아니라 과거 포르투갈이 남긴 흔적이 도시 곳곳에 남아 있어 관광 산업도 빠르게 발전하고 있다. 2005년 8개의 광장과 22채의 유서 깊은 건축물이 '마카오 역사 지구'라는 이름으로 세계 문화유산에 등재되었다.

우리나라 종로구보다 조금 더 큰 면적의 마카오는 골목을 따라 문화유산이 오밀조밀 연결되어 있고, 예쁜 건물들과 푸른 바다가 관광객들의 눈길을 사로잡고 있는 매우 특별한 도시이다.

홍콩·마카오 여행은 어머니에게는 알리지 않고 예약부터 했다. 날짜는 2018년 9월 1일이었다. 아버지와 북해도 여행을 2월에 다녀왔으니까 아버지는 올해 두 번째 해외여행을 하는 셈이다.

어머니에게 가족 여행을 알렸더니 예상대로 어머니는 완강하게 거절했다. 온 가족이 어머니 설득 작업에 들어갔다. 나와 형은 물론이고, 두 며느리와 누나까지 가세해서 어머니를 귀찮게 했다.

나는 이번 여행이 어머니의 마지막 해외여행이 될 거라는 생각이 들었다. 그래서 더욱 어머니와 꼭 함께하고 싶었다. 어머니에게 비행시간도 짧고, 걷는 구간도 없고, 편하게 도시 구경을 하고 오면 된다고 계속 설득했다.

온 가족이 설득한 덕분에 어머니는 고집을 꺾고, 홍콩·마카오 여행에 동참했다. 이번에는 손자, 손녀들은 빼고 아버지와 어머니, 형 부부, 우리 부부 이렇게 6명이 함께했다. 누나는 마지막에 회사에 급한 일이 있어서 함께하지 못했다. 어머니는 딸이 함께하지 못해서 못내 아쉬워했다. 아들보다는 딸이 옆에 있는 게 더 마음 편한 모양이었다.

홍콩 여행의 하이라이트는 야경이다. 소문대로 홍콩의 야경은 화려하고 아름다웠다. 요즘 홍콩의 경기가 예전 같지 않다고 많이 이야기하는데, 그럼에도 야경은 정말 볼 만했다.

하지만 지금 대세는 마카오였다. 마카오는 카지노 산업이 비약적으로 발달하여 초대형 호텔들이 화려한 조명으로 관광객들의 시선을 사로잡고 있었다. 나 역시 마카오에서 가장 화려함을 맛보았다.

가이드의 설명에 따르면 마카오의 카지노 산업은 미국의 라스베이거스를 크게 앞선다고 한다. 미국의 라스베이거스도 가보았지만 도시의 화려함은 이미 라스베이거스를 뛰어넘은 것 같았다.

다행히 홍콩·마카오 여행은 어머니에게도 편안한 여행이

▲ 빅토리아 피크에서 바라본 홍콩 시내

되었다. 가고 올 때 비행기도 고요했고, 걷는 구간도 많지 않았고, 빠듯한 일정도 아니어서 어머니 모습은 다른 여행 때보다 한결 평온했다.

아버지는 이제 여행을 즐기는 수준에 이르렀다. 발길 닿는 대로, 마음 가는 대로 가면 모든 게 즐거움이 되는 단계에 이른 것이다. 아버지는 점점 더 여행의 고수가 되어 가고 있었고, 어머니는 점점 더 여행의 문을 닫고 있었다. 부부가 이렇게 달라도 되는 것인가?

이번 여행처럼 편안한 여행이라면 어머니의 마음도 달라질까? 그렇지는 않을 것 같다. 그리고 이제는 어머니 뜻을 존중해 주고 싶다. 아무리 편안한 여행이라도 어머니에게는 힘이 부친다는 걸 이번 여행에서 느꼈다.

날이 갈수록 어머니는 허리가 굽어지고, 왜소해지고 있다. 어머니를 볼 때마다 안타깝고, 아쉽다. 그리고 왠지 모르게 눈물이 난다. 어머니의 젊은 시절은 어디로 갔을까?

더욱이 이번 여행이 마지막이라고 생각하니 더욱 눈물이 난다. 아무튼 홍콩·마카오 여행은 무사히 잘 마쳤다. 개인적인 바람이 있다면 이것이 어머니의 마지막 여행이 아니었으면 좋겠다. 어머니가 먼저 여행 가자고 했으면 좋겠다.

행복한 여행자, 동생과 중국 장가계에 오르다

- 일정 : 2019년 9월 4일(수) ~ 9월 9일(월)
- 여행 국가 : 중국
- 주요 관광지 : 천문산, 원가계, 천자산, 보봉호, 황룡동굴 등
- 동행 : 아버지, 작은아버지, 작은어머니, 나

2019년 3월쯤이었다. 서울에 있는 작은아버지 전화를 받았다.

"동석아, 9월쯤에 아버지 모시고 중국 장가계 구경 한 번 가자."

아버지의 유일한 동생인 작은아버지는 아버지를 잘 따르는, 아버지를 무척이나 좋아하는 동생이다. 작은아버지가 직접 한 말이니 정확한 사실이다. 내가 보기에도 그렇다.

아버지는 일흔아홉, 작은아버지는 일흔셋이다. 칠십 대의 두 노(老)형제가 처음으로 여행을 하려는 것이다. 어쩌면 형제의 마지막 여행이 될 수도 있다. 작은아버지는 형님과의 멋진 추억을 하나 만들려고 한 것 같았다. 작은아버지의 전화를 받는 순간, 정말 멋진 계획이라는 생각이 들었다. 왜 진즉 그 생각을 하지 못했을까?

내 조부모는 슬하에 7남매(6남 1녀)를 두었다. 아버지는 남자 형제 중에는 셋째이고, 작은아버지는 다섯째이다. 아버지 위로 고모가 한 분 있으니, 아버지는 7남매 중 넷째가 되는 셈이다.(고모는 일찍이 수녀가 되어, 지금도 수도자 생활을 하고 있다.)

그런데, 육형제 중에 현재 생존해 있는 형제는 셋밖에 없다. 서열상으로 첫째, 셋째, 다섯째는 생존해 있고, 둘째, 넷째, 여섯째는 하늘나라로 갔다. 이상하게도 홀수는 남고, 짝수는 먼저 갔다. 그러니까 현재 작은아버지는 아버지의 유일한 동생이다.

요즘이야 삶의 여유가 있으니 형제들이 함께하는 여행이나 나들이가 많겠지만 아버지 세대에서는 그런 게 정말 없었다. 그럴 여유가 없었을 것이다. 작은아버지의 전화를 받고 나서 반성과 함께 멋진 여행이 될 수 있기를 간절히 바랐다.

작은아버지는 더 큰 그림을 그리고 있었다. 큰아버지도 함께하는 여행을 생각하고 있었다. 큰아버지(육형제 중 첫째)는 아버지와 나이 차이가 있어서 아버지에게나 작은아버지에게나 아버지 같은 형님이었다. 아버지와 열 살 차이가 나니까 올해 구순을 코앞에 둔 여든아홉이다. 여행이 불가능한 나이는 아니기 때문에 작은아버지는 삼형제의 여행을 계획했다.

삼형제의 여행이라니, 내가 보기에도 그건 정말 멋진 생각이었다. 삼형제의 여행이 이루어진다면 그건 세 분 인생에서 가장 행복한 추억이 되었을 것이다.

결론을 미리 말하자면, 삼형제의 여행은 이루어지지 못했다. 큰아버지가 자신이 없었던 모양이다. 아무리 편한 여행이라도 여행은 약간의 체력을 필요로 하고, 신경도 많이 쓰일 수밖에 없다. 진즉 삼형제의 여행을 추진하지 못한 것이 후회되었다.

큰아버지가 못 가게 되면서 여행은 조금 김이 빠져버렸다. 나는 두 분만이라도 꼭 여행을 갔으면 좋겠다고 생각했다. 아버지도 내심 동생과의 첫 여행을 바라고 있었다.

내가 나서서 다시 여행을 추진했다. 이렇게 해서 다시 형제의 여행이 성사되었다. 처음 계획에서는 조금 벗어났지만 아버지와 작은아버지, 그리고 내가 여행에 합류하고, 작은어머니까지 함께하는 여행으로 바뀌었다.

여행지는 처음 작은아버지가 계획한 중국 장가계로 정했다.

시기는 아버지가 바쁘지 않은 9월 초로 정했다. 이 모든 여행 일정이 확정된 게 7월 중순경이었다. 여행 출발 일까지는 한 달 반 정도가 남은 시점이었다.

아버지, 작은아버지와 함께하는 여행이라 여러 가지로 생각이 많았다. 형제의 첫 여행이었기 때문에 두 분에게 잊을 수 없는 여행을 만들어 주고 싶었다.

때마침, 멋진 상품이 하나 눈에 띄었다. 비싸지 않은 가격에 비즈니스 좌석으로 가는 상품이 있었다. 비즈니스 좌석은 일반 좌석에 비해 가격이 두 배 이상 높기 때문에 그 동안 여행에서는 생각조차 할 수 없었다. 그런데, 그렇게 비싸지 않은 가격에 비즈니스 좌석으로 가는 상품을 발견한 것이다.

속으로 쾌재를 불렀다. 지금까지 많은 여행을 했지만 비즈니스 좌석은 한 번도 타 보지 못했다. 항상 부러운 생각만 갖고 있었다. 비즈니스 좌석으로 가는 여행이라 여행에 대한 기대는 배가 되었다.

이번 여행은 뭔가 처음부터 잘 풀리는 느낌이었다. 비행기 안의 비즈니스 좌석은 어떤 곳일까를 상상하니 웃음이 절로 나왔다. 매번 비행기를 타면 좁은 좌석 때문에 불편했는데, 이번 여행은 아버지에게도 너무 좋을 것 같았다.

사실, 노(老)형제의 첫 여행이라는 것, 그 자체만으로도 대단한 의미가 있는 여행이었다. 그런데 비즈니스 좌석으로 가는 여행이었으니, 내가 대단한 것을 준비한 것처럼 마음이 뿌듯했다.

여행 출발 때까지 매일 여행에 대해 생각했다. 패키지여행이니 특별히 여행에 대해 준비할 것은 없었다. 술을 좋아하는 두 분이니, 술만 준비하면 끝이었다. 그래도 고민이 되었다.

이런저런 쓸데없는 상상만 하다가 하루하루를 보냈다. 여행 출발 일은 점점 다가오는데, 아무 계획도 세우지 못했다. 내심 '그냥 가는 거지, 뭐 특별한 게 있나?' 하는 생각으로 스스로 위안 삼았다.

그렇게 시간을 보내다가 어느 날 문득, 그런 생각이 들었다. 그 동안 아버지와 여러 번 여행하면서 아버지 생각을 물은 적은 한 번도 없었다. 그냥 내가 다 알아서 했다. 아버지가 하고 싶은 게 있는지, 먹고 싶은 게 있는지 관심조차 두지 않았다. 이번 여행에서는 무조건 아버지 입장에서 생각하고, 아버지 위주로 모든 걸 결정하자고 다짐했다.

장가계 여행 4일 전, 벌초를 하려고 시골로 갔다. 매해 추석 2주 전에 형제들이 모여서 조상님 산소 벌초를 한다. 나의 시골 행은 벌초 목적도 있었지만 여행 준비도 있었다. 아버지는 이번 여행이 일곱 번째 해외여행이지만 여행 짐은 한 번도 꾸리지 않았다. 지금까지 여행 짐은 모두 내가 준비했다. 어머니도 어떤 옷을 준비해야 할지 판단이 서지 않아서 짐 싸는 일은 어려워했다.

이번에는 벌초하러 내려갔다가 미리 아버지 여행 짐을 준비해 놓으려고 생각한 것이다. 장가계는 우리나라보다 기온이 조금 높기 때문에 여름 옷을 입고 가면 된다. 어머니와 옷장에서 아버지 여름 옷을 찾아보았다. 다행히 여름 옷은 충분했지만 보관을 잘 못해서 구김이 많이 졌다. 시골에서는 다림질하기도 애매해서 여행 당일 우리 집에 오면 그때 다려야겠다고 생각하고 짐을 꾸렸다. 여름 옷이라서 여행 짐은 간단했다.

2019년 9월 4일, 아버지는 내가 사는 일산에 오기 위해 아침 첫차를 탔다. 일산에는 아침부터 비가 내렸다. 태풍이 상륙하고 있어서 전국적으로 비가 오고 있었다. 비는 일요일까지 내린다고 예보되어 있었다. 여행 가는 날에 비가 와서 기분은 그다지 좋지 않았다. 다행히 장가계는 여행 기간 내내 비 예보가 없어서 그나마 위안이 되었다.

아버지는 농작물 때문에 걱정이 많았다. 여행은 잘 하겠지만 여행 내내 농작물 걱정을 할 생각을 하니 조금 마음이 찹찹했다.

터미널에서 아버지를 만나 집으로 왔다. 저녁 비행기라서 시간적인 여유는 있었다. 집에 오자마자 아버지 옷을 다리기 시작했다. 그 동안 한 번도 다림질을 하지 않은 모양이다. 바쁜 농사에 다림질할 시간이 어디 있었겠는가? 옷은 가끔 다려야지 오래 입을 수 있고, 모양이 나는 법인데, 아버지 옷은 그동안 그런 혜택을 전혀 받지 못했다.

많이 구겨진 아버지 옷을 다리면서 문득 부모님의 인생이 이 옷의 구김처럼 고달프고 힘들었을 거라는 생각이 들었다. 가끔 옷을 다려 주듯이 인생을 다려 주었다면 삶이 훨씬 편했을 텐데, 부모님은 평생 그런 여유는 부리지 못했다.

지난 몇 번의 해외여행은 아버지 인생에서 다림질 역할을 했을 것이다. 여행은 아버지 삶을 행복하게 만들어 주었고, 또 건강하게 만들어 주었다고 확신하기 때문이다.

2019년 9월 4일 저녁 6시, 아버지와 작은아버지는 인천 공항에서 만났다. 오전부터 내리기 시작한 비는 오후 들면서 잦아들더니 공항으로 출발할 무렵 그쳤다. 아침에 비가 내릴 때는 비행기가 뜰 수 있을지 걱정했는데, 다행히 그 걱정은 사라졌다.

처음이자 마지막이 될지도 모르는 두 형제의 여행이 시작되었다. 작은아버지와 함께 온 작은어머니를 보니 어머니 생각이 났다. 내 자리에 어머니가 있으면 얼마나 좋을까? 이제 어머니 생각은 접어 두어야 한다. 오로지 아버지와 작은아버지가 멋진 여행을 할 수 있도록 최선을 다해 도와드리는 일만 남았다.

장가계 여행의 시작은 정말 화려했다. 비즈니스 좌석으로 예약했기 때문에 공항의 비즈니스 라운지를 이용할 수 있었다. 인천 공항의 비즈니스 라운지는 정말 좋았다. 간단하게 음식을 먹을 수 있는 뷔페부터 술과 음료까지 모든 게 갖추어져 있었다. 좌석도 편히 쉴 수 있게 만들어 놓았고, 비행기 기다리는 동안의 무료한 시간을 알차게 보낼 수 있었다.

아버지와 작은아버지는 공항 라운지에서 한 잔 술로 이번 여행을 자축했다. 소주가 없어서 아쉬워했지만 양주로 시작하여 와인까지 섭렵했다. 내가 말리지 않았다면 아마도 취한 상태에서 비행기를 탔을 것이다. 그만큼 아버지와 작은아버지는 술을 좋아했다.

비행기의 비즈니스 좌석도 매우 만족스러웠다. 앞뒤 간격도 넓었고, 여러 가지 서비스도 훌륭했다. 사람들이 비싼 돈을 주고 비즈니스를 타는 이유를 알 것 같았다.

여기까지는 모든 게 좋았다. 그런데, 비행기를 타자마자 문제가 생겼다. 밤 9시 10분에 출발하기로 한 비행기가 10시가 넘었는데도 여전히 인천 공항 활주로를 지키고 있었다. 중국 공항에서 출발 신호를 보내지 않아 이륙할 수 없었던 것이다.

계획이 조금씩 빗나가고 있었다. 원래 예정대로라면 중국 시간으로 오후 11시 30분경 중국 장사 공항에 도착해서 공항 근처 호텔에는 밤 12시에 들어갈 수 있었다. 여행 첫날이니 호텔 방에서 간단하게 첫 여행을 자축하려고 생각했다. 그런데, 지금 같아서는 아무것도 예정할 수 없었다.

결국 비행기는 출발 시간보다 1시간 30분이나 지나서 이륙할 수 있었다. 중국 호텔에 도착하니 새벽 2시가 지나고 있었다. 아침에 7시 30분에 출발하는 일정이라 모여서 술 한 잔 할 수 있는 상황은 아니었다.

하지만 우리는 새벽 2시가 넘은 시간에 호텔 방에서 한국에서 가져간 소주로 첫 여행의 의미를 자축했다. 피곤했지만 모든 게 추억이 될 것이라 생각하니 나름 의미도 있었다.

3시간 정도 자고 일어났더니 정말 피곤했다. 다행인 것은 장사에서 장가계를 가려면 버스로 5시간을 이동하기 때문에 버스에서 잠을 잘 수 있었다. 이 시간이 없었다면 오늘 하루는 정말 피곤했을 것이다.

5시간의 버스 이동 끝에 장가계에 도착했다. 곧바로 점심을 먹고, 첫 관광지인 천문산 입구로 이동했다. 천문산은 케이블카를 타고 정상까지 올라갈 수 있었다. 사람들이 붐비지 않는 시기였지만 천문산 케이블카를 타려는 사람들은 정말 많았다. 근 2시간 30분을 줄을 서서 기다렸다. 차라리 버스를 타고 올라가는 것이 더 나을 뻔했다. 기다리는 시간이 너무 길었다. 젊은 나도 2시간을 넘게 서서 기다리니 다리도 아프고 허리도 아팠다. 아버지와 작은아버지는 더했으리라.

▲ 천문산 천문동

오랜 기다림 끝에 케이블카를 타고 올라간 천문산의 경치는 기다림의 고통을 충분히 치료해 주었다. 아쉬운 것은 그 아름다운 경치를 여유 있게 볼 수 없었다는 사실이다. 줄을 서서 기다리는 데 시간을 너무 많이 낭비한 탓에 정작 구경하는 시간은 너무나 짧았다.

여행 내내 이런 상황들이 반복되었다. 정작 구경하는 시간은 짧고, 이동하고 기다리는 시간은 너무나 길었다. 사람들이 많은 탓이긴 했지만 그래도 구경하는 시간이 짧은 건 못내 아쉬웠다.

장가계는 듣던 대로 끝내주는 풍경을 자랑했다. 자연의 풍경이 이토록 아름다울 수 있는지 새삼 느꼈다. 이런 아름다운 풍경을 갖고 있는 중국이 부러웠다.

아버지도 몇 년 전 갔던 태항산보다 장가계가 더 좋다고 했다. 내 생각에도 굳이 경치의 우열을 따진다면 장가계가 조금

▲ 원가계 풍경구. 영화 〈아바타〉의 배경이 되었던 곳이다.

우세하다는 생각은 들었다. 하지만 태항산은 웅장한 멋이 있었다. 취향의 문제이지 가치의 문제는 아니었다.

여행은 장소도 중요하지만 누구와 함께하느냐가 더 중요하다. 아버지와 작은아버지의 여행을 보더라도 그렇다. 두 분이 함께한다는 데 의미가 있는 것이다.

노(老)형제의 첫 여행은 무사히 잘 끝났다. 여행 내내 날씨도 좋았고, 대체로 만족스러웠다. 가는 관광지마다 줄을 서서 기다리는 시간이 많았던 것이 조금 흠이긴 했지만 그런대로 무탈하게 일정을 잘 소화했다.

확실히 칠십 대 노(老)형제의 여행은 보기도 어렵고, 그렇기 때문에 의미가 있었다. 더구나 아버지는 여든을 목전에 두고 있다. 인생의 황혼기에 접어든 두 형제가 손을 잡고 여행을 한다는 것은 그 자체로 아름다운 동행이다.

사실, 남자 형제들이 친하게 지내기는 쉽지 않은 일이다. 요즘은 잘 모르겠지만 적어도 우리 또래나 그 이전 세대에서는 더더욱 그렇다. 예전에는 나이 차이 좀 나는 형은 형이 아니라 아버지와 같은 존재였다. 그러니 형제 관계는 늘 어렵고 부담스러운 관계일 수밖에 없었다.

요즘 세대는 부자(父子) 관계가 친구처럼 편하지만 예전에는 형제 관계도 부자 관계처럼 어려웠다. 형제나 부자나 마음은 있지만 어색하고 불편하니까 함께하는 시간이 별로 없었다. 한 번만 그 어색함을 깨뜨릴 수 있으면 이후는 자연스러울 수 있는데, 그 한 번이 참으로 어려웠다.

아버지와 작은아버지는 다른 형제에 비해서는 그 어색함이 덜한 편이었다. 그럼에도 두 분은 대화가 많이 없다. 남자 형제들이 대부분 그럴 것이다. 술자리에서도 대화보다는 침묵의 시간이 많다. 그저 술잔만 자주 들이킬 뿐이다.

이번 여행에서도 나는 그걸 느꼈다. 여행 4일 동안 매일 밤 술자리를 가졌다. 고단한 하루 일정을 끝내고 나서 호텔 방에 들어오면 씻고 잠자기 바쁜 법인데, 하루의 피로를 술로 풀었다.

그런데, 술자리에서 두 분은 많은 대화를 나누지 않았다. 대화는 나와 작은어머니가 주도했다. 두 형제는 그저 듣거나 맞장구만 쳤다. 그래도 함께할 수 있으니, 그 시간은 참으로 즐거웠던 모양이다. 아버지도 무척 행복해 보였고, 작은아버지도 그러했다. 덩달아 나도 행복했다. 모두 행복한 여행자가 되었다.

내가 알기로 아버지와 작은아버지는 두 분이서만 찍은 사진도 한 장 없었다. 이번 여행에서 두 분은 많은 사진을 남겼다. 형제가 서로 어깨동무를 하고 찍은 사진은 처음이었다. 두 분은 어떤 느낌이었을까?

형제가 모두 살아있을 때 이런 시간을 가졌으면 얼마나 좋았을까? 다들 먹고 살기 어려운 시절에 태어나서 그럴 여유가 없었을 것이다. 이제는 여유가 있어도 그럴 수가 없다. 이미 저 세상으로 먼저 간 형제들이 있으니까.

큰아버지가 생존해 있지만 함께 다닐 수 있는 상황은 아니라서 오로지 다닐 수 있는 형제는 두 분뿐이다. 이번이 형제의 첫 여행이지만 마지막 여행이 아니기를 간절히 바라는 마음이다.

나도 어느덧 나이 쉰을 넘었다. 옛날처럼 조금 일찍 결혼하여 아이를 낳았다면 할아버지 소리를 들을 수도 있는 나이다. 실제 할아버지가 되었다. 조카(누나의 아들)가 조금 이른 결혼을 해서 작년에 예쁜 딸을 낳았기 때문이다.

쉰이 넘은 아들이 여든을 바라보는 아버지, 작은아버지와 함께한 여행은 확실히 특별함이 있었다. 형제의 정(精)도 있었고, 부자의 정(精)도 있었고, 작은아버지와 조카의 정(精)도 있었다. 그 정(精) 덕분에 아버지와도 더 가까워졌고, 작은아버지와도 더 가까워진 것 같았다.

그렇기 때문에 다음에 아버지와 작은아버지가 여행을 간다고 하면 나도 동행하고 싶다. 두 분도 그걸 더 반길 것이다.

장가계 이야기

장가계는 우리나라 사람들이 가장 많이 가는 중국 관광지 중 하나다.

"사람이 태어나서 장가계에 가보지 않았다면 100세가 되어도 어찌 늙었다고 할 수 있겠는가?"

장가계의 위상을 알려주는 대표적인 말이다. 그만큼 장가계는 중국 내에서도 알아주는 관광지 중 하나이다.

우리는 보통 장가계라고 말하지만 장가계의 정식 명칭은 따로 있다. '무릉원 풍경 명승구(이하 무릉원)'이다. 무릉원은 크게 '장가계 삼림 공원, 양가계 풍경구, 삭계욕 풍경구, 천자산 풍경구'의 네 구역으로 나누어진다.

우리가 장가계 여행을 가면 장가계 삼림 공원만 보는 게 아니라 무릉원을 두루 보게 된다. 모든 여행사들이 그렇게 코스를 짜 놓고 상품을 판매하기 때문이다. 물론 장가계 여행의 하이라이트는 장가계 삼림 공원이다.

장가계는 '장씨들의 마을'이라는 뜻이다. 장가계 이름의 유래에 대해서는 정확하지는 않지만 한나라 시대 유방의 책사였던 장량(장자방)과 관련된 이야기가 가장 널리 알려져 있다.

진시황제가 다스렸던 진나라를 멸망시켰던 초나라의 항우와 한나라의 유방은 최후의 일전을 벌이게 되었다. 이 싸움에서 한나라의 유방은 한신, 장량 등 빼어난 책사들의 책략에 힘입어 힘이 장사였던 항우를 물리치고 중국 통일의 위업을 달성했다.

항우를 이기고 중국을 통일하여 한나라 황제에 오른 유방은 개국공신이었던 한신과 장량의 힘이 커지자 불안을 느꼈다. 이에 유방은 공신들에게 음모를 씌워 차례로 제거하기로 마음먹었다. 장량은 유방의 계략을 미리 눈치 채고 한신에게 모든 벼슬을 버리고 낙향하자고 건의했다.

하지만 한신은 장량의 말을 듣지 않고 유방 곁에 남았다. 장량의 말을 듣지 않고 유방 곁에 남았던 한신은 결국 죽임을 당하고 말았다. 한신은 죽으면서 그 유명한 고사성어 '토사구팽(兎死狗烹)'이라는 말을 남기며 울분을 토했다. 이 말은 '사냥하러 가서 토끼를 잡으면 사냥하던 개는 쓸모가 없게 되어 삶아 먹는다.'는 뜻이다. 유방은 초나라 항우를 이기고 중국을 통일했으니 더 이상 한신과 장량 같은 책사가 필요 없게 된 것이다.

한신과는 달리 장량은 낙향하여 토가족들이 살고 있는 청암산(장가계에 있는 천문산의 옛이름)에 은거했다. 이곳에서 장량은 미개한 부족이었던 토가족들에게 글을 가르치고, 농사짓는 법을 알려주며 살았다. 또 공자의 핵심 사상을 정리한 책 '대학'과 '중용'에서 앞 글자와 뒤 글자를 조합하여 토가족들이 사는 마을을 '대용'이라고 지어주었다.

하지만 토가족들은 모두 장량을 숭배하여 장씨 성으로 개명하였고, 그런 까닭에 대용 지역은 장씨 집성촌인 장가계라는 이름으로 바뀌게 되었다고 한다.

장가계 여행의 하이라이트인 장가계 삼림 공원은 1982년 중국에서 최초로 '국가 삼림 공원'으로 지정된 곳이다. 장가계 삼림 공원은 크게 황석채, 금편계, 원가계의 세 구역으로 나누어진다. 이곳은 수억 년 전 바다였던 석영 사암 지대가 지각 변동으로 땅 위로 돌출되어 올라온 곳이다.

장가계 삼림 공원에는 해발 500~1,000미터 사이 넓은 지역에 야구 방망이처럼 뾰족하게 생긴 봉우리가 대략 3천 개 이상 있다고 한다. 봉우리마다 듬성듬성 자라고 있는 푸른 소나무들과 조화를 이루어 환상적인 풍경을 자랑하고 있는 곳이다.

양가계 풍경구는 다른 지역보다 개발이 늦은 곳이라 조금 조용한 분위기를 느낄 수 있다. 다른 풍경구의 봉우리들이 야구 방망이처럼 둥그스름한 반면에 이곳에서는 마름모와 부채꼴 등 다양하면서도 거친 봉우리들을 볼 수 있다.

삭계욕 풍경구의 삭계욕은 이곳 말로 '안개가 가득한 산채'라는 뜻이다. 푸른 호수와 지하 세계의 동굴, 평탄한 산책로가 어우러져 있어 평온한 분위기를 풍기는 곳이다. 십리화랑, 황룡호, 보봉호 등이 관광의 중심지이다.

천자산 풍경구는 무릉원 북서부에 위치해 있으며 삭계욕 풍경구와 연결되어 있다. 이곳은 괴상한 모양의 바위 봉우리들이 많고, 일 년에 200일 이상은 안개로 가려져 있어 신비한 분위기를 연출한다고 한다. 어필봉, 선녀헌화, 하룡공원, 점장대, 신당만 등의 명소들이 있다. 천자산에서 가장 높은 곳은 해발 1,263미터의 천자봉이다.

• 닫는 글 •

다음 여행지는 어디니?

지난 6년 동안 아버지와 저는 참 많은 곳을 다녔습니다. 늦바람이 무섭다고 했던가요? 처음이 어렵지 두 번째부터는 쉽게 풀리는 법입니다. 아버지 여행이 그러합니다. 아버지는 지난 6년 동안 일곱 번의 해외여행을 했습니다. 일 년에 한 번 꼴이니, 그다지 많이 다녔다고는 할 수 없지만 아버지 연세에 일 년에 한 번은 적은 횟수는 아닙니다.

더구나 작년에는 작은아버지와 함께 처음으로 형제간 여행을 했습니다. 아버지로서는 젊은 시절에 할 수 없었던 일을 하나씩 이루어가고 있는 셈입니다. 건강하니 가능한 일이고, 그래서 참으로 행복한 일입니다.

제가 아버지와의 여행 이야기를 책으로 낼 결심을 한 데는 두 가지 이유가 있었다고 앞에서 밝혔습니다. 사실, 그 두 가지 이유보다 더 솔직한 이유가 있었습니다. 그건 아버지의 팔순을 기념하고픈 생각 때문이었습니다.

요즘은 100세 시대, 120세 시대가 되면서 고희연(70세)도 안 하는 부모님들이 많습니다. 일흔 살도 아직 젊다는 이유에서입니다. 그런데 팔순은 좀 다른 의미가 있다고 생각했습니다. 팔순까지 사시는 분들은 많지만 건강하게 사시는 분은 많지가 않습니다. 팔순까지 건강하게 생활하고 있다면 그건 분명 축하할 일이라는 생각이 들었습니다.

가족들이 한자리에 모여서 축하 자리를 마련하는 것은 기본이고, 그것 이상으로 무언가가 있으면 아버지의 팔순이 더 특별할 것 같았습니다. 그 무언가를 저는 아버지와의 여행 이야기를 책으로 내는 것이라고 생각했습니다. 팔순 축하연과 출판기념회를 동시에 개최하는 것입니다. 아버지 팔순을 축하하러 온 가족들에게 책을 선물로 준다면 기억에 남는 팔순 잔치가 될 것 같았습니다.

이 책은 궁극적으로 아버지를 위한 책이긴 하지만 저의 욕심도 조금 들어가 있는 셈입니다. 이렇게 아버지와의 여행 이야기가 책으로 나왔으니 저로서는 참으로 감사하고 행복한 일입니다.

어느 누군가 인간은 목적과 목표가 있으면 쉬이 늙지 않는다고 했습니다. 할 일이 있는 사람은, 하고 싶은 일이 있는 사람은 건강하게 오래 살 수 있다는 것이지요.

아버지는 이제 팔순을 맞이했습니다. 아버지의 다음 목표는 나이로 한정해서 보면 구순입니다. 10년의 세월 동안 아버지는 어떤 삶을 살까요? 지금처럼 농사를 지으며, 일 년에 한 번 해외여행을 할 수 있을까요?

그 어떤 것도 장담할 수 없지만 아버지는 죽는 순간까지 농사를 지으며 살 것입니다. 그것 하나는 확신할 수 있습니다. 요즘도 저는 아버지, 어머니에게 농사 포기를 권유하지만 아버지 생각은 확고합니다. 아직 몸이 건강하기 때문에 농사를 지어야 한다는 것이지요.

그러면 저는 또 다른 이야기를 꺼내 놓습니다. 농사짓지 말고 놀러 다니라고 권유합니다. 그러면 아버지는 노는 것도 하루 이틀이지 만날 밥 먹고 놀기만 할 수 있느냐고 반문합니다.

이 이야기를 들으면 저도 할 말은 없습니다. 나이가 들어도 적당한 일은 필요하니까요. 하지만 자식들은 적당한 일이 아니라 항상 과도한 일을 하기 때문에 걱정합니다. 그래서 지금은 아버지, 어머니에게 다시 애원합니다. 몸이 힘들지 않는 선에서 농사를 지으라고 말씀드립니다. 하지만 힘들지 않는 농사가 어디 있겠습니까?

이제 아버지의 농사짓는 문제는 아버지에게 맡겨 드리려고 합니다. 하실 수 있을 때까지 건강하게 하시기만을 바랄 뿐입니다.

제가 정말 하고 싶은 이야기는 따로 있습니다. 이 이야기를 하려고 괜한 농사 이야기를 꺼냈나 봅니다. 저의 관심은 아버지와의 여행에 있습니다. 아버지는 그 동안 많은 곳을 다녔지만 아직 다녀야 할 곳은 무궁무진합니다.

저는 아버지가 건강하실 때 아버지가 가고 싶은 곳을 함께 가고 싶습니다. 아버지는 저와 함께하는 여행이 어떤지 모르겠지만 지금으로서는 아버지 혼자 여행 가는 건 어렵습니다. 싫든 좋든 아들인 저와 함께할 수밖에 없습니다.

다행히 저는 직장 생활을 하지 않기 때문에 시간적인 여유가 있습니다. 아버지는 돈이 있고(그렇다고 아버지가 부자는 아닙니다. 아버지는 땅이 조금 있을 뿐입니다.), 저는 시간이 있습니다. 그렇기 때문에 아버지와 제가 여행을 가는 것은 서로에게 좋은 일입니다.

물론 저에게도 한 가지 고민은 있습니다. 여행을 가기 위해 땅을 팔라고 하는 게 쉬운 말은 아닙니다. 농부에게 땅은 목숨과 같은 존재입니다. 그걸 팔아서 여행을 갈 농부가 있을까요? 아마도 그런 농부는 없을 것입니다.

하지만 저는 아버지가 이런 생각을 하셨으면 좋겠습니

다. 쉽지 않은 결정이겠지만 여행 가기 위해서 땅을 파는 농부가 되었으면 좋겠습니다. 아버지가 그렇게 하면 많은 아버지들이 그렇게 할 것 같습니다. 많은 아버지들이 자신들의 인생을 위해 투자할 것 같습니다.

평생을 자식들을 위해 고생했는데, 죽은 후에도 자식들을 위해 살 필요가 있겠습니까? 고생한 만큼 당신들을 위해 과감하게 투자하셨으면 좋겠습니다.

올해 아버지는 팔순을 맞았습니다. 올해 아버지의 해외여행은 어디가 좋을까요? 저는 벌써부터 몇 곳을 알아보고 있습니다. 신앙심이 깊은 아버지는 터키나 스페인을 생각하고 있습니다. 두 곳 모두 가톨릭 성지가 있는 곳입니다.

유럽 여행은 동남아 여행과는 달리 목돈이 들어갑니다. 아버지가 땅을 팔아 여행 경비를 마련할 수 있을지 지금으로서는 장담할 수가 없습니다.

목돈이 들어가는 유럽 지역이 아니면 가까운 중국이나 일본, 동남아 지역은 가능할까요? 그 정도는 땅을 팔지 않아도 아버지 능력으로 가능할지 모르겠습니다. 그렇다면 다음 여행지는 어디로 해야 할까요?